우리
다시 만나는
날

우리 다시 만나는 날

발행일	2024년 1월 30일

지은이	최순회		
펴낸이	손형국		
펴낸곳	(주)북랩		
편집인	선일영	편집	김은수, 배진용, 김다빈, 김부경
디자인	이현수, 김민하, 임진형, 안유경, 신혜림	제작	박기성, 구성우, 이창영, 배상진
마케팅	김회란, 박진관		
출판등록	2004. 12. 1(제2012-000051호)		
주소	서울특별시 금천구 가산디지털 1로 168, 우림라이온스밸리 B동 B113~114호, C동 B101호		
홈페이지	www.book.co.kr		
전화번호	(02)2026-5777	팩스	(02)3159-9637

ISBN	979-11-93716-52-6 03810 (종이책)		979-11-93716-53-3 05810 (전자책)

이 책은 **한국예술인복지재단 창작지원금**으로 발간되었습니다.

(주)북랩 성공출판의 파트너

북랩 홈페이지와 패밀리 사이트에서 다양한 출판 솔루션을 만나 보세요!

홈페이지 book.co.kr • **블로그** blog.naver.com/essaybook • **출판문의** book@book.co.kr

작가 연락처 문의 ▸ ask.book.co.kr

작가 연락처는 개인정보이므로 북랩에서 알려드릴 수 없습니다.

최순희 시나리오 각본

우리
다시 만나는
날

최순희 지음

작가의 말

소설을 쓰다 매력적인 시나리오에 빠져들어 쓴 시나리오.

공모전에서 낙선한 시나리오를 부여잡고 있다. 그냥 버리긴 아쉬움에 미련일런가.

하루가 지나고 한 달이 가고, 또 한 해가 눈 깜박할 새 가버렸다.
하늘에 둥실 떠 있는 하얀 낮달을 바라보고 있는데 —오늘이 제일 아름다운 날—이라고 카카오톡이 온다.

여러분들의 건강과 행복을 빌어본다!

2024년 새해에
최순희

차례

우리 다시 만나는 날

시나리오 각본

박준수: 33세, 남, 증권 회사 과장(휴직)

김지연: 39세, 여, 홈쇼핑 근무(휴직)

김은아: 2세, 여, 아기, 김지연의 딸

윤정서: 28세, 여, 증권 회사 직원

할머니: 65세, 여, 김지연의 어머니, 청도 거주

김지숙: 43세, 여, 김지연의 큰언니

김지애: 41세, 여, 김지연의 작은언니

윤영달: 68세, 남, 윤정서의 양부

엄　마: 65세, 여, 윤정서의 양모(청각장애인)

정인두: 33세, 남, 산부인과 의사, 박준수의 중고교 동창

배기호: 33세, 남, 자동차 세일즈맨, 고교 친구

박정태: 33세, 남, 회사원, 고교 친구

이규석: 32세, 남, 회사원, 고교 친구

권인수: 33세, 남, 구청 공무원, 고교 친구

그 외 다수

#1. 2층 주택. 박준수 침실 / 거실 / 주방. 식사 (새벽 아침)

잔디 마당이 넓은 신도시 2층 주택, 2층 테라스가 있는 집.
응애! 응애! 응애! 아기(간난이) 울음소리. 점점 크게.
설핏 든 잠이 깨어버린 박준수(33세).
광도가 낮은 머리맡 스탠드 조명. 휴대폰 열어본다. 3시.

준수   (짜증스러운 얼굴) 2시 넘어 겨우 눈 붙였는데…. 이젠 잠들기 글렀잖아!

침대에서 일어나 왼손으로 이마를 짚고 지그시 눈을 감는다. 반가부좌 자세로 앉아 천천히 복식 호흡 시작. 마음이 조금 가라앉는다. 실내화를 끌고 거실을 거쳐 주방 불 켜고 식탁의 생수를 컵에 따라 마신다. 차가운 액체가 식도를 휘젓고 내려가는 게 느껴진다. 불도 켜지 않은 썰렁한 거실을 서성이는 남자. 인적 끊긴 거리, 가로등 한적한 불빛. 아직도 들리는 아래층 아기 울음소리.

준수   하루이틀도 아니고, 밤이면 밤마다 어떻게 지내지?

주위의 밝은 빛에 눈뜨는 준수. 9시. 내내 뒤척이다 새벽에 깜빡. 침대 정리. 주방 냉장고에서 사각 플라스틱 통 꺼내어 전복죽 한 공기 덜어, 전자레인지에 데워 국물김치 놓고 천천히 식사하는 준수. 식사 후 식탁 한쪽 약통에서 몇 종류 약 찾아 물 마시며 복용.

#2. 매봉산. 산자락 쉼터 / 산허리 길 (오전)

등산화에 회색 등산복, 검정 패딩점퍼, 목도리, 털모자 쓰고 플라스틱 물병 하나 들고 산길 묵묵히 오르는 준수, 콧속으로 스며드는 마른풀 내음. 점차 가슴이 트인다.
펑퍼짐한 산자락 중턱, 하늘 걷기, 허리 돌리기, 파도타기, 팔 돌리기 등 운동기구가 갖춰진 쉼터 나무 벤치에는 벌써 운동을 끝낸 중년 아주머니들 모여 잡담 중.
가파른 산 정상길이 아닌 산허리를 돌고 있는 준수. 한 바퀴 돌며 2시간 걸리는 구불구불한 둘레길, 낙엽 하나 안 달린 나무들 사이로 지난겨울 습설(濕雪)의 무게를 이

기지 못해 부러진 나뭇가지가 보인다. 산비탈에 쌓인 바 싹바싹한 낙엽들. 상수리나무 가지를 타고 오르락내리락 놀고 있는, 꼬리 풍성한 회색 청설모 두 마리 낯이 익다. 산허리 절반쯤 돌면 몸피 굵은 소나무 자생지, 땅에 누런 솔가리가 수북수북.

호흡운동 시작. 두 손 허리에 대고 상체 뒤로 제치며 긴 호흡으로 청량한 산소를 폐 깊숙이 들이마시는 남자. 한 바퀴 돌 즈음 햇살배기 언덕의 거뭇거뭇한 덤불에서 샛노 란 꼬투리가 보시시 얼굴 내밀고 있다. 혹독한 지난겨울 을 넘기고 나오는 끈질긴 작은 생명에 눈길 머물러 조심 조심 쓰다듬는 손길.

준수   아, 개나리! 아직 추위 남았는데, 너희들 잘 견디어 내겠지!

#3. 신도시 단독주택. 잔디 마당 (낮)

잔디 마당 넓은 남향집. 대지 135평, 건물 57평. 진한 갈색 나무 대문. 대문 옆으로 흰색 주물 울타리 펜스. 서쪽 도로로 난 주차장 셔터 내려져 있다. 비밀번호 누르고 열린 대문으로 들어서는 순간 발걸음 멈칫하는 준수. 1층 현관 앞에 그녀가 앉아 있다. 화사한 분홍색 이불 둘둘 두르고서.
잠깐 목례하고 2층 계단으로 가는 준수.

지연　　저기요, 우리 아기 한번 봐주세요. 얼마나 이쁜지!

준수　　(아기? 아기가 어딨어?)

주춤 돌아봐도 보이지 않는 아기. 창백한 여자 얼굴. 그녀가 달뜬 표정으로 둘둘 두른 보송보송한 분홍 이불을 조심조심 젖히기 시작하자 새까만 머리가 보이더니, 아주 작은 얼굴 나타남. 눈 감고 있는 아기 얼굴이 작아도 너무 작은 아기.

　　　　　　최순희 시나리오 각본

준수   (어, 아기야? 인형이야?)

지연   (말소리 낮추어) 보셔요, 우리 아기 예쁘죠? 잠들었어요.

준수   예?

          (울보 아기? 저렇게 작은 아기가 울음소린 왜 그리 크지?)

지연   우리 아기 인형 같죠? 그렇죠? 우리 아기 사진 좀 찍어주시고 가셔요?

          핏기가 없고 푸석푸석 붓기가 보이는 여자 얼굴과 백설처럼 흰 갓난아기 얼굴이 대조적이다. 그녀가 열린 현관문을 향해 소리 낮춰 불렀다.

지연   엄마, 빨리!

          폭신한 겨자색 털스웨터를 입은 할머니(60대 후반) 삼성 카메라 들고나옴. 검은 머리 흰머리가 반반인 파마머리.

준수   (할머니를 향해) 안녕하세요?

할머니   2층 젊은이구려. 고맙소.

여자가 아기 볼을 아주 살살 부드럽게 어루만지자 번쩍
눈을 뜨는 아기.

지연   어머나, 우리 아기 눈떴네요! 아가야, 세상 한번 보련.
저기가 하늘이야. 파란 하늘이지! 저어기 하얀 꽃은
구름이란다. 우리 아기, 하늘 첨 보네요. 아름다운 하
늘이지! 아저씨가 사진 찍어주신대요. 고맙습니다!
우리 아기 멋져요!

카메라를 만지다 무심히 아기 눈과 마주쳤는데 순간 아
기의 새까만 눈동자가 어찌나 깊던지 준수는 자신이 확
빨려 들어감을 느낌.
특히 눈을 껌뻑 감았다 뜰 때 마치 별처럼 반짝 빛나는
눈동자에 당혹하여 머리 한번 흔들고 카메라 렌즈에서
아기를 찾았다. 약간 푸른 빛의 까만 눈동자가 자신을
똑바로 응시하여 깜짝 놀라는 준수. 아기 독사진, 아기
안고 활짝 웃는 그녀들 모습 몇 컷이나 찍었다. 포근한
햇살이 여인들의 뜨락을 기웃거리는 삼월 중순 낮.
첫 만남! 이날이 은아와의 첫 만남이 된 박준수. 무심히

최순희 시나리오 각본

지나쳐버린 첫 만남의 순간을 기억하기 위해 훗날 자신이 얼마나 애쓰게 될지 어찌 생각이나 했으랴. 인형 같은 얼굴, 꽃잎 같은 분홍 입술, 별처럼 반짝이던 새까만 눈동자의 갓난아기를.

#4. 2층 주택. 잔디 마당. 지난가을 (오전)

겨울 초입 11월. 주민센터 볼일로 계단 내려오는데 누른 잔디 마당 천천히 걷고 있는 여자. 분홍색 임신복에 갈매색 뜨개 조끼 입고 보라색 머플러 두른 여자. 어깨 덮은 머리.

지연   이사 오신 분인가 봐요? 한집에 사는데 통성명이나 하고 지내는 게 어때요?

준수   아, 예. 저는 박준수입니다.

지연   박준수 씨. 나는 김지연. 자주 오시는 분은 제 어머니시고요. 이사 잘 오셨어요. 신도시 주택지라 공장 없어 공기도 좋고 조용해서 살기 좋아요. 식구는요?

준수　저 혼잔데.

지연　그래요. 우리도 식구 안 많아요. 잘 지내봐요.

준수　아, 네. 그럼.

평범한 얼굴의 여자. 점차 불러오는 배를 안고 마당을 슬슬 도는 여자. 할머니를 쏘나타 자가용에 태우고 외출하는 모습 몇 번 목격. 잔디 마당이 넓은 집은 밤낮 고요가 흐르듯 조용했는데, 얼마 전부터 정적을 깨고 아기 울음소리 들리기 시작, 특히 밤이면 더 심한 아기 울음소리.

#5. 주택 1층. 지연 집. 거실 / 안방 [낮 / 밤]

치마 앞이 둥그렇게 나오도록 배가 부른 여자. 두 손은 옆구리 받치고 뒤뚱뒤뚱 거실을 걷는 여자. 갈색 가죽 소파에 앉아 있는 밤색 스웨터 입은 할머니.

지연　　애 낳을 때 고생 덜하게 운동 많이 하라던데 이젠 걷는 것도 힘들어. 엄마, 애 가져 먹고 싶은 거 못 먹으면 아기 입이 삐뚤어진다며?

할머니　　쯧쯧! 니만큼 먹고 싶은 거 다 묵는 임산부가 어딨노? 돼지국밥, 한겨울에 냉면, 칼국수, 호박죽, 족발. 뱃속 알라 핑계로 안 묵은 기 뭐가 있노?

지연　　엄마 나, 감기 들어도 신약 한 알 안 먹고 배 생강 달여 먹었어. 새콤한 석류, 밀감은 내내 당기네. 난 아들 딸 상관 없어. 날 엄마로 찾아온 귀한 손님인데! 아들이면 피아노 태권도장 보내고, 야구복, 야구 모자 씌워 손 잡고 야구장 갈래. 딸이면 발레 학원, 태권도장 보내고 스케이트장 가야지. 아! 생각만 해도 너무 행복해(엄마, 사실은 손가락이 하나 많거나 발가락이 기형인 아이 낳을까 제일 걱정돼. 내가 뭔가 잘못하여 그 화가 태아에게 미칠까 조심, 또 조심하는데).

할머니　　저 봐라! 알라가 배를 찬다. 치마가 들썩이게 발로 차네. 새끼가 기운도 센갑다!

산부인과 병원. 분만실, 분만의 진통 선행.

#6. 산부인과 병원. 부산한 분만실 내부(오후) - 과거

시시각각 조여오는 분만의 진통, 분만대에서 비지땀을 흘리며 입술을 꽉 다물고 진통을 참는 임산부 지연. 드디어 전신의 기와 힘을 다 모아 분만을 시도하는 힘주기 시작.

의사   조금만! 조금만 더, 더, 더, 힘껏! 아기 나오려 해요, 힘! 힘! 하나! 둘! 하나! 둘! 힘주기! 더, 더, 더…! 마지막 힘주기!

무서운 진통 끝에 새 생명의 탄생을 알리는 고고한 울음소리! 축하 인사하고 나가는 의사.
땀에 푹 젖은 머리카락, 전신이 땀범벅인 산모.

지연   저기, 아기 몸에 별 이상 없어요?
간호사   예? 예. 그럼요. 피부도 뽀얗고 예쁜 공주님이세요!
지연   아, 예! 건강한 아기면 다 감사해요! 정말 고맙습니다!

지연은 지금 큰 소리로 외치고 싶은 걸 간신히 참고 마음

속으로 크게 외쳤다. 눈물이 핑 돌았다.

지연   나 아기 낳았어! 여러분! 김지연이 아기 낳았다고요! 예쁜 내 아기!

간호사 산모님! 산모님! 아기 한번 안아보세요!

주책없이 흐르는 눈물을 옷소매로 훔치고 간호사가 보듬어 주는 핏덩이를 가슴에 안는 지연. 이 세상을 다 품에 안은 듯 너무도 감격스러워 조금 전까지 이를 악물었던 분만의 고통도 봄눈 녹듯 사라졌다. 의사는 첫 출산이 늦은 편이라고 제왕절개를 권유했지만, 끝까지 자연분만을 고집한 지연. 어미로서 새 생명에게 무엇 하나라도 순리를 선물하고 싶었다. 배와 허리를 꽉꽉 찔리는 아픔으로 시작한 진통이 이틀을 넘기자 의사는 촉진제를 권했지만 거절했다. 담당 의사는 위험하다며 오후 6시, 제왕절개 수술을 선언했다.

지연   기도! (풍선처럼 부푼 배를 쓰다듬으며) 아가야! 이제 엄마 만나야지. 엄마는 네가 너무너무 보고 싶단다! 우리 아기 착하지!

입을 틀어막고 큰 소리 안 나게 진통의 고통 버티는 지연.
고귀한 새 생명을 얻는 고통이 아닌가!
오후 4시 15분. 3.1킬로. 건강한 여자아이 출산.

지연   아가야! 못난 나를 엄마로 찾아주어 너무 행복하구
         나! 고마워 내 딸!

         핏덩이 비릿한 여린 몸에 얼굴을 묻는 김지연.

#7. 지연 집. 거실. 안방 (낮)

         아기를 품에 안고 젖을 먹이는 지연. 찡찡대며 자꾸만 짜증
         내는 아기. 보채는 아기를 이부자리에 눕혀놓고 말한다.

지연   아직 젖이 잘 안 나와 큰일이네. 우유 빨리 타야겠어.

할머니   산후조리원서 한칠 내내 우유 먹였는데 금방 젖이 나

오겠냐? 기둘여봐라.

지연   난 우리 아기 모유 먹여 키울 거야.

할머니   큰 조개 넣은 소고기미역국 잘 먹으면 젖 나오고말

고. 원도 한도 없이 먹이렴.

#8. 지연 집. 거실 (낮)

할머니   거 봐라. 미역국 잘 먹으면 젖 터진다고 내가 그랬지?

지연   아유! 하루 여섯 번 미역국 먹이는 사람 엄마 말고 어

딨어? 그래도 꼴깍꼴깍 우리 아기 젖 넘기는 소리가

세상 어떤 노래보다 듣기 좋은걸 뭐.

꽃잎처럼 작은 입에 빨간 젖꼭지 물고 젖 넘기다 많이 나

와 체했는지 딸꾹질. 얼른 아기 어깨 쪽으로 안고 토닥토

닥 여린 등 토닥여주자 트림하며 꾸르륵 젖 넘어가는 소

리. 배부르면 스르르 젖꼭지 놓고 잠드는 아기가 신기하

여 내려다보느라 목이며 어깨가 다 아픈 지연. 목화솜보다 보드라운 갓난쟁이 만지기도 어려워 목욕시킬 때 감기 들까, 목욕물이 입이나 귀로 들어갈까 쩔쩔매는 초보 엄마 김지연.

지연 조리원서 잘 자던 아기가 왜 밤에 안 잘까? 울 만큼 실컷 울고야 겨우 잠드니.

할머니 잠자리 바뀌어서 그래. 옛날엔 몸푼 자리 그 자리서 삼칠일 했제. 산모가 밤잠 못 자 얼굴이 아주 푸석푸석하네.

지연 엄마, 우리 아기 많이 울어 목 아프면 어쩌지?

할머니 별걱정 다한다. 많이 운 아이는 목청이 트여 이담에 노래 잘한다 카더라.

지연 (활짝 웃는 산모) 그럼 우리 아기 나중에 가수 시킬까?

새벽녘이 되면 거짓말처럼 새근새근 잠드는 아기. 함께 꿀잠 드는 모녀.

#9. 주택. 마당. 손님 (낮)

대문 옆에 주차하는 빨간색 마티즈. 기다리던 준수, 손을 흔들며 반기는 표정. 진한 주황색 꽃이 여섯 개 핀 군자분과 케이크 상자. 차 트렁크에서 내리는 윤정서(28세).

정서 선배!

준수 그냥 오지. 뭔 선물씩이나 사 온다고….

정서를 보는 순간 가슴이 찌르르 펄떡거리는 준수. 군자화분 안고 케이크 상자 든 정서와 집 안으로 들어서다 아래층 아기 엄마와 마주침.

지연 손님 오시나 봐요?

준수 아, 예.

마당 한 켠 햇볕 쨍한 건조대에 빨래를 널다 정서를 찬찬히 보는 지연. 언뜻 그녀에게 정서를 자랑하고 싶은 마음이 든 자신에게 실소하며 정서와 함께 2층 계단 오르는 준수.

정서 집주인?

준수 아니, 1층에 사는 아기 엄마.

정서 어머나! 잔디 마당이 넓어 너무 좋아 보여요.

#10. 준수 집. 거실 (오전)

현관문 열기 바쁜 준수. 현관에서 흠흠 냄새 맡는 정서.

정서 잔디 마당 넓은 집에 기분 좋은 냄새랄까, 이 향기는
       요?

준수 여기 벽, 천장, 저기 거실 천장이 전부 편백나무야. 나
       갔다 들어오면 은은한 편백 향은 언제 맡아도 좋아.

정서 저게 전부 편백나무예요? 편백 베개도 불면증에 좋대요.

준수 베개가? 정서도 불면증 있어?

거실 탁자 꽃병 옆에 군자 화분을 얹는 준수.

정서   (황급하게) 아 아니요. 친구한테 들었어요. 어머! 프리
지어, 안개꽃! 프리지어 향기 너무 좋아요!

탁자 화병 가까이서 허리 굽혀 샛노란 프리지어 향기 맡
으며 활짝 웃는 정서. 싱긋 웃는 준수.

준수   (정서 너는 더 예쁜 꽃인걸!)

163센티미터 키, 서구형 미인 윤정서. 검은색 기모 반코
트 벗고 빗장뼈가 드러나는 V형 반팔 흰 티셔츠가 정서의
깨끗한 피부를 환하게 받쳐준다. 착 달라붙는 청바지 S
라인 허리선. 며칠 전, 이사한 집 방문하겠다는 정서 전
화. 토요일 거실만 조금 치운다는 게 결국 대청소.

준수   윤정서, 오늘 더 예쁜데!
정서   어머나! 난 매일 예쁘다고 여겼는데….

눈을 흘기며 까르르 웃는 정서. 웃는 입술 사이로 보이는 고른 흰 치아가 청결하다. 자연스레 그의 품에 안기는 정서. 익숙한 정서의 체취에 아찔해지는 남자. 정서 머리칼 사과향 샴푸 냄새. 웃을 때마다 생기는 보조개. 립스틱 안 발라도 선명한 붉은 입술이 젊은 남자의 가슴을 마구 뛰게 한다. 준수 목을 끌어안는 정서. 입술을 포개며 불같은 키스. 그대로 정서를 껴안고 침대로 가고 싶은 욕망. 뜨거워지는 숨결을 간신히 누르는 준수. 포옹을 풀면서 자신도 모르게 한숨을 내쉬는 남자. 정서가 곁에 있어도 그리워하고, 보고 싶었던 그간의 마음이 가시지 않는다.

#11. 준수 집. 거실 / 주방 (낮)

거실 앞 테라스 문 열고 슬리퍼 신고 나가는 정서.

정서   선배, 테라스가 제법 넓네요. 탁자에 의자까지. 비치 파라솔 하나 세우면 끝!

준수	남향이라 햇볕도 좋고 내 쉼터지. 등산 텐트 쳐도 괜찮겠지.
정서	어머나! 여기 선반에 다육이들 조르르···. 정말 앙증스러워!
준수	난 요즘 작은 생명체에 자꾸 눈길이 머물곤 해.
정서	서재도 잘 꾸몄네요. 이사할 때 많이 버렸다더니 그래도 책이 많네요.
준수	오래된 서적들 과감히 정리했어. 작은 도서관에 기증도 하고. 다만 부모님 유품 정리하는데 힘들었어.
정서	수고 많으셨네요. 선배, 혹시 우렁각시 숨겨둔 것 아니죠? 집 안이 너무 깔끔해.

반듯한 이마, 아직도 창백한 그의 얼굴에 스치는 미소.
밤낮 적막하던 집에 정서의 가벼운 발소리, 재잘거림에
머뭇대던 봄 햇살이 쨍하고 들어왔다. 이사하고 새로 들
인 베이지색 소파에 정서가 앉으니 잘 어울린다. 두 개의
도자기 찻잔에 조르르 따르는 따끈한 차. 두 손으로 작
은 찻잔 감싸고 향기를 맡으며 조금씩 차 맛을 음미하는
정서.

정서	입안이 개운하고 향기로운데요.
준수	모과차. 요즘 자주 마시는 차야!

쌍꺼풀이 뚜렷한 서글서글한 두 눈. 도톰한 코. 어깨까지 내려오는 찰랑찰랑한 머릿결. 사무실 풍경이 눈에 보이듯 들려주며 요즘도 그를 찾는 고객이 있다고 말하는 정서.
묵묵히 듣기만 하는 준수.

준수	안부가 늦었네. 부모님도 안녕하시지?

키가 작고 대머리에 비만한 정서 아버지 모습 생각나는 준수.
만나기만 하면 결혼 재촉하던 정서 아버지. 이젠 결혼 반대하시겠지. 정서는 괴롭겠지. 얼굴에서 웃음기가 싹 걷히는 정서.

정서	참 선배도, 아픈 사람이 왜 남 걱정하고 그래요? 늙은 사람들이 오래 살려고 건강 더 챙기는 거 모르시죠?
준수	자, 이젠 주방으로 가실까요.

최순희 시나리오 각본

주방. 세팅된 식탁. 팔팔 끓는 국물에 어슷썰기를 한 무와 손질된 우럭, 문어, 새우 넣고 양파, 마늘, 고춧가루, 대파, 청양 고추 2개 썰어 넣고 굵은 소금으로 간 맞추는 해물탕.

준수   해물탕 맛 좀 봐봐!

정서   어머나, 보기만 해도 침이 넘어가는데요!

국자로 국물을 보시기에 덜어 호호 불어 맛을 보고 생긋 윙크 보내며 '엄지 척' 하는 정서. 순간 가슴이 따뜻해지는 남자. 김치, 김, 깻잎장아찌 반찬, 식탁 중앙 받침대에 주방 장갑 끼고 보글보글 끓는 해물탕 냄비 옮기는 준수. 대접에 해물탕 덜어 맛있게 먹으며 이마에 내리는 머리칼 쓸어 올리는 정서 표정이 오월 햇살처럼 밝다. 자연림의 산소 같은 여자!
커피 향! 소파에서 느긋하게 커피 마시는 두 사람.

정서   해물탕에 밥 많이 먹었는데 원두커피까지, 호강인 데요!

준수	칭찬까지 받으니 기분 좋은데.
정서	선배, 우리 커피 마시고 산에 가요. 선배 아침마다 운동 가는 그 산요.
준수	산에, 구두 신고? 내 운동화 크겠지?
정서	편한 단화 신었어요. 멀리 못 가면 중간에서 찬 바람이라도 쐬고 싶어요!
준수	바람, 무슨 바람이 쐬고 싶어서?
정서	나는요, 혹한의 시베리아 바람을 마시고, 발바닥이 데도록 뜨거운 중동의 사막을 걷고 싶어요.

중얼거리는 정서의 큰 눈에 언뜻 비치는 쓸쓸한 눈빛.

#12. 매봉산 산길 (오후)

두 사람 손 잡고 산길을 오른다. 사람들이 많이 다녀 반들반들한 산길. 오후라 등산하는 사람이 뜸하다. 잎새하나 없는 벚나무에 다글다글 매달린 붉은 꽃망울, 입을 벌리려 하는지 분홍 꽃잎이 살짝 엿보인다. 정서 목에 두른 흰 스카프가 바람에 팔랑팔랑 날린다.

정서 자작나무 숲에 살면 내 피가 하얗게 바뀔까요?
준수 무슨 말이야?
정서 그냥요. 선배, 사무실이 텅 빈 듯해요. 빨리 돌아오세요!

그의 팔에 매달리며 조그맣게 속삭이는 귀여운 여자.

#13. 주택 집. 마당 (오후)

매일 아침이면 매봉산 등산 갔다 오는 남자. 오늘 오전 차고의 그랜저 끌고 나가더니 오후에야 돌아온 남자. 반듯한 이마에 곧은 콧대, 짙은 눈썹. 고집이 엿보이는 굳게 다문 남자의 입은 여간해선 열리지 않는 큰 대문 같다. 나갈 때 들어올 때 절대로 한눈을 팔지 않는 남자.

쉬고 있는지 놀고 있는지? 오늘도 계단으로 직행하는 남자.

지연 어디 다녀오시나 봐요?
준수 예? 아, 예. 그럼.

걸음 멈추고 잠깐 시선을 주는 남자, 선한 눈빛이다.
저 남자 한번도 먼저 말을 걸어온 적 없지. 아기 울어 미안하다고 말할 틈도 주지 않네. 유모차에 새록새록 잠든 우리 아기 보고 낮에 저렇게 잠만 자니 밤에는 울기만 한다고 하겠지. 결혼 안 한 남자가 무얼 알랴? 병아리가 물 한 번 찍어 먹고 하늘 보고, 모이 한 번 먹고 하늘 쳐다보듯, 아기들이 먹고 자고 옹알이하며 날마다 쑥쑥 자란다는 사실을 절대로 알 리가 없지.
녹색 풍성한 홈웨어 차림. 손수건으로 질끈 묶은 머리. 아기 젖 먹이고부터 입이 달아 풍성하게 차리는 밥상. 후덕해진 모습이라고 쿡쿡 웃던 친구들 말 생각나는 지연.

#14. 지연 집. 거실 / 주방. 백일 상차림 (오전)

분홍 원피스, 반짝이 머리띠, 노란색 턱받이를 한 은아.
보행기에 얌전히 앉아 있다. 백설기, 미역국, 찰밥, 과일,
식혜, 과자 등 백일 상 차리는 지연. 예쁜 쟁반에 백설기,
국, 찰밥, 식혜, 과일 얹어 2층에 보내는 지연. 갔다 온
할머니.

할머니   젊은이가 보통 정갈한 사람이 아니여. 집 안이 말쑹
         더라.

지연   인물도 잘난 편이지. 실수는 안 할 사람으로 보이던데.

할머니   (끌끌 혀를 차며) 사람 사는 집에는 따신 훈기가 있어야
         좋지, 우째 썰렁하더마.

#15. 지연 집. 거실 / 주방 (낮 / 오후)

지숙   은아 너무 살찌는 것 아냐? 아기 돼지 같아!

할머니	젖살인데 무얼. 아기는 그저 안 아프고 쑥쑥 잘 크면 제일 제일 고맙고 신통하지.
지숙	엄마, 요즘은 소아비만도 걱정하는 시대라니까.
지애	애들 젖살은 크면서 빠지던데.
지연	큰언니 걱정하지 마. 내가 어련히 알아서 할까.

식탁 그득하게 차려진 백일 상차림. 둘러앉아 맛있게 식사하는 어머니와 자매들.

지숙	아 글쎄, 여자는 남자 복이 있어야 한다니까. 아이가 무슨 죄야? 은아는 그럼 평생 아빠 모르고 살라고?
지연	(눈살 찌푸리며) 큰언니 왜 그래? 은아는 시험관 아기잖아.
지숙	그러니까 내 말은 시험관 아기라도 정자 주인이 있을 게 아니야? 별에서 온 남자도, 우주에서 떨어진 남자도 아니잖아.

지연 모르게 큰딸 옆구리 찌르는 할머니.

지연	(짜증스레) 큰언니!
지숙	너 지금이야 은아 얻은 기쁨에 너 혼자 잘 키울 것 같지. 아서라. 자식은 크면 클수록 버거워진단다. 아빠 있고 없고는 다르지. 늦기 전에 애 아빠에게 은아 출생 알리고 당연히 양육비도 받아야지. 옛날엔 아비 없으면 호로자식이라 했어.
지연	언니! 도대체 무슨 말 하는 거야? 애가 다 듣겠다!
지숙	자는 애가 뭘 들어? 내 말 곰곰이 생각해봐라.
지연	우리 은아 출생신고하고 새 가족법에 따라 내 호적에 올렸어. 내가 엄마 아빠 노릇 잘할 테니 제발 걱정하지 마.

화난 얼굴로 안방으로 들어가는 지연.

| 지숙 | 재는 돈만 있으면 다 되는 줄 아나 본데 뭘 몰라. 애들 학교 들어가 가정 조사하면 아빠는 맨날 죽었다 할 거야? 이혼했다 할 거야? 은아 자라서 다른 애들 다 있는 아빠, 저만 없어 아빠 찾으면 뭐라 할 거야? 애 기죽고 왕따 되지. |

할머니	쯧쯧! 니는 지연이 듣기 싫다는데 왜 그러누? 뭔 오지 랖이 넓어서!
지애	언니는 지연이가 은아 키워달라고 할까 걱정돼서 그래?
지숙	얘는 자다가 봉창 뚜드리고 있네. 넌 애 둘 키우기 만 만하냐. 서울에서 대학 공부 시켜봐라. 얼마나 힘든지.
할머니	쯧쯧! 다 타고난 사주팔자요 길흉화복도 운수소관이 니라!
지연	(방에서 나오며) 또 그 말이네. 나 대학 고학으로 졸업 했어. 아버지한테 정말 등록금 한번 안 받았어.
지숙	어쨌든 넌 고등학교, 대학교 나와 돈 잘 벌었지 뭐. 지 금이야 애 키운다고 쉬지만 너 잘나갈 때, 우리 주리 대학 들어가 방 얻어줄 형편 못 되어 애 좀 데리고 있 어라 해도 안 들어주고. 이모가 잘나가면 뭐 해?
지연	또 그 소리! 밤늦게 들어왔다 새벽에 나가고, 내 몸도 건사하기 어려운 지경에 어떻게 조카를 맡아? 그러다 무슨 탈이라도 나면 그 원망은 어떡하라고? 그나저나 언니, 나한테 따지러 왔어? 시비 걸러 왔어? 나는 애 써 백일 상 차렸는데.

지숙   내가 뭐 별소리했다고 그래. 내 말에 예민하게 반응하
          고선.

지애   엄마, 오빠 특수작물 농사는 잘되우?

할머니 왜 사서 고생하는지 모르겠다. 농작물이 주인 발소리
          듣고 자란다는 말도 있는데.

지숙   홍! 농사를 개나 소나 아무나 짓나. 그럼 다 직장 때
          려치우고 농사짓게?

할머니 (질겁하며) 무슨 말을 그리하누? 그럼 너희 오라비가
          개, 소란 말이냐?

지숙   그게 문제 아니고, 오빠 고향 내려와서 바로 대추밭
          팔아 하우스 밑천 했는데, 차차 아버지 논밭 다 팔면
          어떡해? 그 전답들, 다 오빠 차지는 절대 안 되지.

          큰딸이 엄마 코앞에 바짝 다가앉으며 정색하자 입 다물
          고 뒤로 물러앉는 엄마.

지숙   딸자식하고 인연 끊지 않으려면 엄마가 처신 잘해서
          야지. 니들은 왜 가만 있냐? 앉으나 서나 아들만 생각
          하는 우리 엄마. 까딱하면 우린 국물도 없다!

할머니	쯧쯧. 시끄럽다 마. 내가 오늘내일 죽는다던?
지숙	옛날 엄마들은 이상해. 집이나 논밭은 아들 다 주고선, 아쉬운 소린 꼭 딸들한테 하지.
지애	청도 땅 못 받으면 울 언니, 명대로 못 살까 걱정되네?
할머니	…. (소태 씹은 얼굴 되는 할머니)

#16. 준수 집. 거실 (오후)

일요일 오후, 친구 배기호(34세, 자동차 세일즈맨) 휴지 2통 들고 방문. 매주 로또 사는 친구. 회색 슈트 차림. 검정 가죽 서류 가방 들고 있다.

기호	부자 동네는 집 찾기도 쉽네. 그래 몸은? 좀 어때?
준수	그냥 그렇지 뭐. 자동차 세일즈 잘되지?
기호	마이카 시대인데, 씨발! 뛰어드는 새파란 애숭이들 너무 많아. 너른 잔디 마당에 고급진 테라스 쥑이네!

테라스 스텐 펜스에 기대어 주위를 유심히 둘러보는
기호.

준수   너, 로또 되면 이런 집 하나 그냥 사버려!

기호   로또? 아, 사람답게 살고 싶어. 씨발, 돈 쓸 일 목까지
찼다.

준수   동생은? 좀 나았어?

기호   온몸이 피부 발진이라 정말 목불인견(目不忍見)이야!
이젠 통증까지. 우리 집은 자꾸 꼭대기로 올라간다.
하늘 가까운 달동네로. 쥐뿔도 없는 집구석 이젠 정
나미가 떨어진다.

준수   너 독립한 지 오래지.

기호   독립이고 나발이고. 너, 요즘 시간 많아 통기타 안
치냐?

준수   아직 기타 칠 기분 아니네. 전엔 바쁘다는 핑계였
지만.

기호   나, 여기 좀 얹혀살면 안 될까? 정말 힐링될 것 같
은데.

고교 시절, 시험 기간이면 집에 와 공부하며 머물다 간 친구. 지방대 입학했다 집안 사정으로 자퇴한 배기호.

(아버지 회상)

'준수야. 친구, 친척 며칠 묵고 가는 것은 상관없지만 얹혀사는 것은 가족이 불편하고 너 엄마 힘들어진다. 사람은 자기 발로 나가지 않으면 동물처럼 몰아내지도, 벌레처럼 털어낼 수도 없느니라.'

시끄러운 전화 대담, 계속 울리는 전화벨 선행.

#17. 회사. S 증권 강남지점 (오전) 과거

대형 전광판. 빠르게 돌아가는 붉고 푸른 아라비아 숫자. 객석의 탄성과 동요. 주식, 코스피, 코스닥, 펀드 선물옵션 고객 전화 큰 소리, 여기저기 울리는 전화벨 소리. 실력 있는 PB 펀드매니저 젊은 과장 박준수. 큰손 고객 자산관리, 미팅. 옵션 만기. 회식, 지인 약속 바쁜 나날. 근래 든 감기가 질질 끌어 약국 감기약 복용.

#18. 이비인후과 진료실 내부 (오후)

목감기 기침에 감기약 복용했으나 개운하게 낫지 않고 콧물 비쳐 이비인후과 방문. 여러 종류 검사, 진료실. 의사, 머리 갸웃하며 상급병원 정밀진단 받기를 권유. 회사 직원 단체로 건강검진 받은 지 채 두 달도 안 되었고 감기도 나았다. 그런데 눈코 뜰 새 없는 바쁜 업무 탓인지 몸이 피로하고, 식욕이 없고 생전 변함없던 체중 감소 나타남.

#19. 대학병원 내과 진료실 내부 (오전 / 오후)

대학병원 예약 날, 내과 검사실, 소변, 혈액 채취, X선 촬영.
초음파, 흉부 CT 검사, 객담 검사, 기관지, 내시경, 심전도, MRI. 검사가 계속 이어질수록 찜찜하고 불안해지는 마음.

준수	대체 무슨 검사를 이렇게나 많이 하는 거야?

일주일 후. 교수 진료실.

의사	보호자 같이 안 왔어요?
준수	보호자요…?
의사	가족 안 왔어요?
준수	혼자 왔습니다.
의사	음, 여러 가지 검사 결과 그게, 초기 폐암입니다!
준수	예! 예?

의사 말이 하나도 귀에 들어오지 않았다. 아프리카 말인
지 화성인의 말인지, 그냥 의사 말하는 입만 보였다. 앉
은 자리가 붕 뜨는지 어질어질, 눈앞이 하얗다.
'아, 아! 가족이 하나도 없는, 나를 어쩌면 좋아?'
의사는 '다행히'란 말을 강조하며 다른 장기에 전이되지
않은 폐암 초기이니 부분 절제 수술을 권유했다. 그에겐
아무 말도 들리지 않았다. 말없이 진료실을 나와 병원 복
도를 걷는 발걸음이 만취한 듯 휘청휘청하는 준수.

최순희 시나리오 각본

#20. 병원 로비. 대기실 소파 (오후)

복도 대기실 소파에 털썩 주저앉는 준수.

준수   이건 아니야! 뭔가 잘못됐어. CT나 MRI 영상이 다른 사람 사진과 바뀔 수 있잖아. 환자가 얼마나 많은데? 아! 머리가 블랙홀 속으로 끝도 없이 빨려 들어가고 있어! 아버지! 엄마, 나 어떡해요? 정말 어떡해? 못난 자식이어서 정말 죄송해요! 쾅! 쾅! 무너지는 가슴. 아, 정서야! 당장 보고 싶은 얼굴이다. 휴대폰을 꺼내 단축 번호 누르다 급히 꺼버렸다. 정서한테 뭐라고, 암 걸렸다고 말하려고? 나 자신도 수긍할 수 없는데. 천길 벼랑으로 떠밀리는 억울함을 세상 어디에도 호소할 곳 없음에 더욱 절망이다. 성난 파도에 휘말려 가뭇없이 사라질 자기 자신이 너무 불쌍하다. 무엇을 위해, 무엇을 얻기 위해, 그렇게 동분서주 바둥거렸던가? 개떡 같은 내 인생! 거지 같은 내 인생!

#21. 병원 밖. 비 오는 거리 (저녁)

비 오는 거리를 우산도 없이 비틀대며 걷는 준수.

준수 비가 온다. 비, 비는 살아 있는 생물체지. 살아 있으니 이렇게 펄펄 살아 움직이고 있어. 나는 지금 소금 빗줄기를 맞고 있어. 나를 때려라! 더 많이 때려다오! 가족이 같이 안 왔냐고? 차마 가족이 없다 대답 못 했지. 가족이 없다는 게 말이나 돼? 세상에 달랑 혼자라고, 고아라고. 웃기는 소리지! 난 어디로 갈까? 내가 걸어갈 길이, 한 발짝 내디딜 땅도 꺼져버렸어. 아, 정말 개떡 같은 내 인생! 내 운명! 그놈의 비극은 절대로 한 번으로 끝나지 않고 끝까지 물고 늘어져 이젠 마지막으로 내 숨통을 조이는군. 이젠 끝이야, 끝!

빵빵! 요란한 자동차 경적.

C. U.

비 오는 찻길에 쓰러진 준수 앞으로 달려오는 기다랗고 검은 장의차. 선행.

#22. 교통사고. 병원 응급실. 장례식장 (낮 / 밤) - 과거

기다란 검은 장의차에서 내리는 준수. 혼이 빠져나간 몸, 허깨비처럼 흔들흔들. 큰아버지가 하라는 대로, 시키는 대로 그냥 따르는 준수.

삼 일 전, 오후. 낯선 목소리의 전화.

목소리 박인철 씨 가족이요? 지금 빨리 여기, 병원 응급실로 오세요! 빨리요!

허겁지겁 택시로 달려간 병원 응급실. 피투성이가 되어 돌아온 아버지, 어머니 주검과 마주하고 혼절하는 준수.

인천국제공항 인천대교를 지나 서울로 오는 간선도로에서 중앙선을 넘어 덮친 음주운전 트럭에 택시 기사와 부모님이 한꺼번에 당한 어이없는 교통사고 참변. 청천벽력.

아버지 새내기 대학생 되어 요즘 아들 얼굴 보기 힘드네. 아버지 은행 하기휴가 앞당겨 엄마랑 패키지여행 가기로 했다. 덜 복잡할 때 갔다 오려고.

어머니 고3 뒷바라지도 끝났고, 아버지랑 서유럽 관광하려고. 아들 밥 잘 챙겨 먹어. 냉장고에 너 좋아하는 반찬들 칸칸이 있으니 전자레인지에 꼭 데워 먹어요. 너무 밤늦게 다니지 말고 차 조심하고!

준수 내가 어린앤가? 유럽, 유명한 곳 구경 많이 하고 오세요!

아버지 (보름 뒤) 준수야, 여행 백 찾아 나와 지금 택시 탔다. 집에 도착하면 맛있는 식당 가자, 기다려!

어머니 아들! 엄마 우리 아들 보고 싶어 죽겠어! 차도 안 밀리고 빨리 갈 거야. 박준수, 네 선물 뭔지 맞춰봐, 응?

보름간 패키지 서유럽 몇 개국 여행 마치고 부모님 인천공항으로 귀국하는 날. 공항에 마중 나오지 말라는 아버지 전화에 거실과 어질러진 주방 대강 정리하고 부모님 도착만 눈이 빠지게 기다리던 준수. 택시 탔다는 휴대폰 전화가 부모님 살아생전 마지막 통화가 될 줄이야.

준수 아니야! 정말 아니야. 나쁜 꿈이야. 내가 악몽을 꾸고 있어. 하느님! 하느님! 시키는 대로 다 할게요! 제발 시간 15일 전으로. 딱 15일 전으로만 돌려줘요. 부모님 여행 못 가시게 제가 막을게요! 우리 아버지 어머니가 사기 쳤나요? 도둑질을 했나요? 사람 죽였나요? 무슨 죽을죄를 지었다고 이렇게 참혹하게 죽임을 당해요? 신이 있으면 제발 대답해 보라고요!

지극히 평범하게 보통의 삶을 살아온 가정인데!
부모님은 끝내 한마디 유언도 남기지 못했다. 끝이었다.
쪽잠을 자다가도 벌떡 일어나 분노에 치를 떠는 준수. 외톨이로 남겨진 슬픔은 커다란 너럭바위가 되어 가슴을 짓눌러 낮이 가고 밤이 오는지, 날이 더운지 추운지 몰랐다. 학교도 강의실도 축제도 동아리도 나가지 않았다. 친구들 위로도 소용없는 방황은 오래 지속되었다. 서유럽 여행지서 찍은 200여 장 부모님 카메라 사진만이 그의 손에 남았다.

'아! 아버지, 어머니! 지금 어디 계셔요?'

#23. 서유럽. 로마. 베네치아. 바티칸시국 (낮 / 밤) - 과거

캐리어 끌고 백팩 둘러메고 배낭여행 떠나는 준수. 물의 도시 베네치아. 청동 말상이 우뚝한 베네치아 산마르코 광장에서 행복한 얼굴로 기념 촬영한 부모님 섰던 자리에 서서 그는 떠날 줄 몰랐다. 그리고 얼룩말 무늬 상의를 입고 노를 젓는 곤돌라에 앉아 대운하를 따라 세워진 아름다운 대리석 궁전들, 리알토 다리 아래서 관광객들이 산타루치아를 합창하여도 멍하니 생각에 잠긴 준수. 로마의 유적지. 영화 '로마의 휴일'에 나오는 '진실의 입'에 손을 넣고 환히 웃고 있는 어머니. 트레비 분수. 로마 유명 유적지에서 사진을 많이 찍은 부모님. 섬세하고 아름다운 조각품과 건축물들. 밀라노 두오모 성당의 장엄함과 화려함. 첨탑 꼭대기의 성인 조각상. 미켈란젤로의 고향 피렌체에서 미켈란젤로 언덕에 서보는 준수. 세계에서 가장 작은 주권국가 바티칸시국. 바티칸 높은 돔에 그려진 성화에 전율을 느끼며, 성서 속 인물들에 감탄을 넘어 경의로움에 소름이 돋았다. 팔뚝, 손등의 실핏줄 하나하나까지 섬세하게 나타낸 베드로 성당의 피에타. 방대한 건축물, 유물, 조각상 등 훌륭한 예술품들을 긴 세월 잘 보전해온 위대한 로마의 후손들에게 경의를 느끼는 준수.

#24. 융프라우. 프랑스. 영국. 발자취 (낮 / 밤) - 과거 12

봄, 여름, 가을, 겨울 사계절을 다 보여주는 유럽의 지붕 융프라우. 산악 등반 열차로 올라 만년설 마주하는 순간, 선글라스 쓴 눈이 시렸다. 저 하얀 눈들은 천만 년이 흘러도 저렇게 그 자리에 있겠지. 만년설 위에서 다정하게 포옹하고 찍은 부모님 모습. 찰나처럼 짧은 인간의 생명에 비할 수 없는 자연의 위대함에 소름이 돋았다. 그곳에서 마주한

컵 신라면은 마치 애국가를 들을 때처럼 가슴 뭉클. 부모
님 마지막 여행 프랑스. 거대한 철 구조물 에펠탑. 센강 유
람선. 박물관에서 만난 모나리자. 버킹엄궁 광장에서 근위
병 교대식을 보며 환히 웃음 짓는 부모님. 동영상과 사진을
많이 남긴 그 자리에 오래 서 있는 준수.

준수   (아버지, 어머니! 먼 이국땅, 지상에서 마지막 여행이셨군요.
혼자 남은 저는 두 분 발자국마다 눈물 자국입니다!)

#25. 준수 집 아파트. 거실 (밤)

준수   (벽에 걸린 부모님 사진 바라보며 서러움에 울컥울컥) 아버
지! 어머니! 다 끝났어요. 두 분 몫까지 오래 살려 했
는데 죄송해요! 나를 어떡해요? 이젠 아무렇게 막 살
아버려요? 아…! 지독한 아픔을 삭이며 죽을힘을 다
해 여기까지 왔는데, 저는 지금 천길 벼랑으로 떠밀리
고 있어요!

대학 졸업 후 공채로 들어간 S 증권. 잡념을 없애려고 더 열심히 일한 회사. 실력으로 팀장, 과장으로 승진. 성실함과 명석한 두뇌로 고객들은 주식과 펀드로 이익을 남겼다. 주식 호황 시대이기도 했다. 입소문을 타고 찾아오는 큰손 고객들 재무 컨설팅도 늘어났는데, 캄캄한 창가를 서성이며 밤새 피나는 울음을 혼자 삭이는 서른둘, 젊은 남자 박준수.

#26. 집. 병원. 폐암 수술. 희망 찾기 (낮 / 밤) - 과거

회사에 휴가. 혼자 가서 입원하여 종양절제 수술을 받은 준수. 고3 때, 성가시다고 투정까지 부린 어머니 손길이, 슬며시 용돈 주머니에 찔러주시며 어깨 툭 치시던 따뜻한 부정이 그리워 목이 메는 준수. 빠져나갈 길 없는 캄캄한 동굴에서 촛불 같은 희망 찾기 시작!

준수   키 183센티미터. 몸무게 70킬로. 여직원들이 모델 해

도 좋겠다고 소곤거렸지. 나는 심장도 눈도 코도 지
극히 정상이며 충치 하나 없고, 내 머리는 수학, 과학
을 잘해 장학금 받는 실력파였지. 내 몸 그 많은 장기
중에서 건강한 곳이 99%야! 건강한 99%가 1%의 나
쁜 침입자를 물리칠 거야. 고금을 막론하고 우수 유
전자가 살아남아 종족을 번식시키지. 난 이겨낼 수
있어. 희망도 희망을 바라는 사람에게 온다고 했어!

#27. 회사 휴직. 이사 [낮 / 밤] - 과거

회사에 휴직계 제출. 오랜 고객들과의 업무 인계 처리가
제일 힘들었다. 고객들은 그가 지점을 옮기면 계좌를 따
라 옮기겠다고 하였다. 폐암 수술하고 표적 치료 병행하
며 정기적인 검사에 들어갔다.
이사. 운동 다닐 가까운 산이 있고 주위가 조용한 경기도
신도시 주택단지로 이사. 매번 등록만 하고 제대로 다니
지 못한 헬스, 수영 다시 등록. 기상과 취침, 등산, 증시

시황 체크 시간 엄수. 인터넷 레시피로 요리. 잡곡밥, 채소, 고기, 생선, 과일 골고루 섭취. K팝, 발라드, 가요, 트로트 등 즐겁고 경쾌한 음악 듣고, TV로 전에 안 보던 개그 프로그램, 먹방, '동물의 세계' 시청. 몸 수술 흔적보다 정신적 충격이 쉬이 가시지 않았다.

#28. 청도 고향. 남상호, 김지연. 첫사랑 - 과거

첫사랑. 고등학교 1학년 때부터 지연을 따라다닌 남상호. 사월의 흰 목련처럼 지고지순한 남상호와 김지연. 어쩌다 하굣길에 단둘이 되면 얼굴이 홍시처럼 익는 상호. 친구들 몰래 빵집에 가고 떡볶이 사 먹으며 얼굴 붉히던 두 사람. 가끔 어스름 저녁에 만나 저수지 둑길 거닐던 상호와 지연. 고교 졸업 후 남상호는 서울로 진학. 차양 모자 쓰고 토시 장갑 끼고 아버지 농사일 돕던 지연. 반년이 지난 후, 정신 번쩍 들어 부모님 걱정 무시하고 무작정 서울행. 각종 아르바이트 시작. 이듬해 야간 전문대 입학. 유명 레스토

랑에서 서빙하다 친구와 식사하러 온 남상호 만남.

상호 김지연! 내가 너 얼마나 찾아다녔는지 모르지?

지연 난, 아직 너 만나기 싫은데…!

가난한 연인들. 포장마차서 가락국수, 떡볶이 사 먹고 공원, 한강에서 애틋한 데이트. 상호 군대 입대. 군사우편 러브레터 시작. 풋풋한 사랑을 키우던 시절. 지연 전문대 마치고 종합대학 3학년 편입. 지연 졸업 후 홈쇼핑 회사 입사.

결혼행진곡 선행.

#29. 결혼식. 청도 예식장 (낮)

신랑 남상호. 신부 김지연.

씩씩한 걸음걸이 신랑 입장. 웨딩마치, 아버지 손 잡고 입장하는 신부. 화사한 화관, 장미꽃 부케. 가슴이 파인 흰 드레스. 아름다운 시월의 신부. 결혼행진곡. 신랑 신부 행진.
푸른 물감이 뚝뚝 떨어질 것 같은 청명한 가을하늘.

#30. 서울 변두리 빌라 2층. 신혼집. 청도 본가 (낮 / 밤)

브런치. 과일 채소 샐러드. 치즈 넣어 구운 식빵에 딸기
잼 바르고, 금방 내린 커피 두 잔.

상호   아, 휴일이 좋다! 늦잠도 자고. 얼마 만이야, 이런 여
유가?

지연   이번 달엔 본가 제사 없어 걱정 없네. 오후에 쇼핑도
하고 우리 영화 보러 갈까?

상호   그래. 결혼하고 집들이며 집안 행사로 늘 바빴잖아.

간소한 살림살이, 사랑하는 사람과 함께하는 행복한 신
혼. 지연의 직장 일이 바빠지면서 시댁 행사로 자주 청도
에 내려가는 게 문제 되기도 했지만, 그보다 결혼 몇 년

이 지나도 아기가 없었다. 부부는 아이 생각을 별로 안 했지만, 뒤이어 결혼한 동서가 딸 아들 낳고, 시누이 아들 쌍둥이. 시끌벅적, 애들로 큰 소리가 나고 웃음이 넘치는 명절. 시어른들 기쁨은 물론 본인들의 행복도 인절미처럼 두텁게 보였다.

주방 싱크대. 냄비며 큰 쟁반 그릇 등 수북한 설거지.

상호 당신 혼자 설거지해? 그릇이 수북하네. 제수씨, 같이 하지?

지연 애 보잖아. 당신은 명절 연휴 내내 술이 곤드레만드레, 새벽에나 들어오고?

상호 고향 친구들 만나면 술 마시는 게 일이지 뭐.

지연 이젠 당신과 나, 참 불편한 명절이네.

서울 집에서는 아이 문제로 심각하지도 기죽지도 않는데 친척이나 지인 돌잔치 초대받아 가면 주눅 들고 초조해지는 마음. 친정도 오빠 애 셋, 큰언니 조카 셋, 작은언니 남매. 명절, 생신에 모이면 애들 8명으로 웃음이 터지고, 장난감이 부서지고, 싸움이 붙고 울고불고 난리가 났다.

엄마	지연아, 너 좀 쉬어봐라. 푹 쉬면 임신할 끼다. 그렇게 설쳐대니 알라가 니 몸 어디를 비집고 들어가겠노?
지연	…. (어떻게 얻은 직장인데?)

지연은 이즈음 홈쇼핑 쇼 호스트로서 눈코 뜰 새가 없었다. 쇼 호스트의 갑작스러운 발병으로 대타로 나간 식품 런칭에서 대박을 터뜨려 완판녀가 되어, 쉬고 싶다고 회사에서 마음대로 쉴 수 있는 몸이 아니었다.

친척 1	죽어라 일만 좋아하여 자식 낳을 생각은 애초에 없대.
친척 2	손에 물 안 묻히려 밥, 국, 반찬, 전부 사 먹는다네.
친척 3	애도 못 낳으면서 놔주지도 않고. 큰집 조카가 눈치 보면서 살고 있다 하더라.

시댁에서 어처구니없는 말들이 건너 건너 들려왔다.
변명이 늘어나는 남편. 여자의 본능적인 감각에 남편이 밖에서 여자를 만나는 느낌이 들었다.

#31. 서울가정법원 (오후)

초조한 기색으로 이혼 조정 차례를 기다리는 김지연, 남
상호. 이혼이라는 절차. 처음에 반대하던 남편도 그간 힘
들었는지 슬그머니 물러섰다.

지연   이혼은 법적인 형식에 불과해! 사랑이 떠나갔어. 봄
           날 강변 자욱하던 아침 안개가 바람에 밀려나듯, 떠
           오르는 아침 햇살에 흔적 없이 사라지듯 떠나갔어. 7
           년간의 연애. 수백 통 러브레터, 7년의 결혼 생활은
           우리가 남남이 되는 데는 아무런 장벽이 되지 못했
           어. 강철처럼 굳었던 맹세도, 생크림처럼 달콤하던 언
           약도 눈 녹듯 흔적도 없이 사라졌어!

#32. 지연 집. 베란다 (아침 / 저녁)

아침. 무심히 베란다 창밖을 내다보는 지연. 지친 몸으로

집에 오면 아무도 없는 빈집 적응이 힘들었다. 이혼하고 반년도 지나지 않아 남편이 득남했다는 건너 건너 전해진 소식. 배신감에 그녀는 눈이 퉁퉁 붓도록 울었다.

지연 사람 하나가 그렇게 일이었던가? 유난히 아침밥 찾는 이도, 허둥대던 집안일도, 퍼붓던 아침잠도 사라지고. 나는 무엇을 위해 무엇을 바라고 그렇게 바쁘게 살았는가? 흠, 당신은 무척 행복하겠네. 내가 당신, 딱 맞게 잘 놔주었네.

건너편 아파트에서 젊은 부부, 손 잡고 출근하는 모습. 바삐 걷다 아내, 남편 양복 보푸라기 털어준다. 남편은 아내가 가방의 티슈 꺼낼 동안 아내의 긴 머리를 빗질하듯 빗겨주는 손길. 다시 손 잡고 바쁘게 주차장으로 향하는 젊은 부부.

지연 저들은 모를 거야. 지금 얼마나 아름답게 비치는 모습인지. 나도 저렇게 행복한 때가 있었지. 행복은 내가 의식하지 못할 때 행복했나 봐. 행복은 거창한 게

아니고 삶의 일상에서 묻어나고 느껴지는 소소한 즐
거움이었어!

#33. 작은 결혼식. 재혼 [저녁]

엄마   아이고! 쟤가 귀신에 씌었다. 번갯불에 콩 구워 먹지.

지숙   명태 껍질 덮어썼네. 죽자 살자 따라다니니 산 사람
소원 들어준다고? 지가 뭐 자선사업가라도 되는 줄
알고!

지애   저 좋다면 그뿐이지 뭘. 동거라는 말은 거부감이 느
껴져 식 올린다 했었잖아.

조촐한 결혼식. 하객 20명이 안 되는 식당 결혼식. 신랑
혼주석엔 누나가, 신부 혼주석엔 엄마 혼자다. 빨강 장
미꽃 부케 든 유월의 신부 김지연. 연신 입이 벌어지는 동
갑내기 신랑.

최순희 시나리오 각본

#34. 아파트. 지연 집. 거실 (저녁)

키가 작고 호리호리한 몸. 행동이 민첩한 남자. 가무잡잡한 피부, 작은 눈에 얇은 입술, 우뚝한 코가 잘생긴 사람. 남편은 정말 부지런하고 알뜰한 살림꾼. 월 15일 일 나가는 남편은 장보기, 요리, 청소, 재활용 분리 등 전부 확실하게 했다.

지연 여보야, 이번 주말에 극장도 가고 맛집도 가자. 우리 외식한 지가 언제야?

남편 내가 시장 봐서 요리 다 하잖아. 외식 뭐 별로더구먼.

지연 또 재래시장 갔어? 시원한 마트서 장 보면 수월하잖아.

남편 재래시장에 할머니 내 단골, 덤을 더 많이 준다니까.

지연은 시골 태생에 고학으로 고생하여 낭비하는 스타일이 아닌데, 남편은 지연보다 더 절약하는 스타일. 남편은 자기가 번 돈도 우리 돈, 지연의 수입도 전부 우리 돈으로 자신이 관리하려 했다. 아파트 관리비, 카드비, 차량비(지연 차 1대) 등 생활비 전부 지연의 통장에서 빠져나가

지연, 입 떼려다 전 남편과 돈 때문에 헤어진 게 아니기
에 그만두었다.

#35. 아파트. 지연 집. 거실 (밤)

남편 아니, 당신 친구에게 언제 얼마 준 거야? 가까운 사람
과 돈 거래 내가 말랬지.

지연 그 친구 오래된 친구야. 급한 사정이 생겨서 그래.

남편 돈 떼먹는 인간들 이마빡에 붙이고 다닌대? 왜 나하고
의논도 없이 돈 줘. 말 한마디에 덜렁 오백이나 줘?

지연 사회생활 하면 급하게 빌리기도 하고, 잠깐 빌려주기
도 하지. 당신 돈 준 것도 아닌데 왜 그래?

남편 우린 부부야. 내 돈이 당신 돈이고, 당신 돈이 내 돈
이지. 사람은 경제관념이 분명해야지. 당신은 사람이
너무 좋아 위험하다니까. 돈 잃기 딱 맞아!

지연 경제관념…?

최순희 시나리오 각본

입을 삐쭉이며 방으로 들어가버리는 지연. 뒷날 남편이 자신에게 말도 없이 친구에게 원금과 한 달 이자까지 받아냈다는 친구 말 듣고 경악하는 지연.

#36. 지연 집. 거실 / 방 (저녁)

소파에 던져진 쇼핑백 3개. 바짝 화가 난 남편.

남편 무슨 옷을 몇 벌이나 사냐고? 방 두 개 빽 차지하고도 넘치는 게 옷인데. 또 처형 주려고 샀어?

지연 외출복이야. 내가 필요해서 샀다니까. 왜 그래?

남편 옷 자꾸 사 모아 옷 장사할 거야? 그 옷이 그 옷이구면. 도대체 당신 속을 모르겠어. 화장품 들어오는 샘플만 써도 남아도는데 또 샀어?

지연 내 건성 피부에 안 맞아요. 이건 당신 선크림이고. 참, 자기가 언제 내 티 하나라도 사준 적 있냐? 돈 벌어 내 옷, 내 화장품 사는데 일일이 허락 받고 살까?

#37. 산부인과 진료실 (오후)

요즘 계속 속이 거북하고 족발집 지나면 구토가 났다. 시
골집 묵은 김치가 먹고 싶고 새콤한 사과, 자두가 당겼
다. 생리도 두세 달 빠진 듯. '임신?' 고개 갸웃. 그래도
가슴이 벌렁벌렁 마구 뛰었다. '그래 병원, 산부인과 병원
가보자!'

여의사   임신 아닙니다. 상상임신입니다!

손으로 입을 가리며 얼굴이 홍당무가 되는 김지연.

#38. 지연 집. 화장실. 거실 (오후)

상상임신 진단 충격인지 심한 몸살기에 좀 일찍 퇴근하
여 집에 온 지연.
문이 조금 덜 닫힌 화장실, 누군가와 전화에 열중하여 현

관문 소리를 듣지 못하고 계속 통화하는 남편.

남편　그럼, 그럼. 잡은 고기에게 먹이 주는 바보가 어딨어? 내가 이혼녀 구제사업 하는 것도 아니고, 요즘 한창 주가 올리고 있거든. 물론 그것도 한때지. 나이 들면 퇴출이지. 아니꼽고 더러워도 입안의 혀같이 돌아 사업자금 마련해야지. 나는 열 번 죽었다 깨어나도 다시 내 사업 일으킬 마음밖에 없어! 인내라는 말, 내가 소처럼 되새김질하고 있지.

무릎 휘청하는 지연. 가까스로 소파에 앉는다. 뒤죽박죽 엉키는 머릿속이 하얗다.

지연　내가 눈알이 뒤집혔나? 남상호와 이혼하고 미망(迷妄)이었던가? 도적질도 처음 한 번이 어렵다더니 옛말 틀린 게 없구나. 아이가 없어 다행이네. 아이가 태어났으면 내가 쉽게 이혼 생각할까? 저 남자, 2년 넘게 이제껏 생활비 한번 내놓은 적 없고 아이 말 입에 올린 적 없었지. 남자? 토악질 아닌 똥물이 올라오네! 엉킨

실타래처럼 잘못된 인연은 풀기 어렵지. 끊어버려야지. 큰언니가 곧잘 지껄이는 남편 복이 정말 내겐 없나 봐. 맹세해! 내 인생에 이젠 남자는 없어!

#39. 경양식 레스토랑. 토요일 (오후 / 밤)

약속 장소에 먼저 와 있던 정서. 그를 보자 손을 흔들며 반기는 얼굴. 회색 실크 원피스 입고 있는 정서. 지난해 백화점에서 정서가 그 옷에 눈이 꽂혀 매장을 떠날 줄 모르기에 그가 선뜻 선물한 옷. 지금 봐도 그녀에게 잘 어울리는 원피스다. 그런데 왠지 우울해 보이는 정서.

준수 잘 지내고 있지?

정서 저야 날마다 그날이 그날이죠. 선배님 잘 지내시죠?

준수 나야말로 그날이 그날이지.

다른 생각에 마음을 앗기는지 침착하지 못한 정서.

주문한 식사가 나오고, 정서는 포크를 떨어뜨린다. 포크 다시 가져다주는 종업원. 고기보다 수프 떠먹는 정서. 속은 촉촉, 겉은 바싹하게 잘 구워진 스테이크 나이프로 썰어 맛있게 먹는 준수. 남이 해주는 음식이면 다 맛있다던 친구 배기호가 생각났다.

준수   오늘 컨디션 안 좋아? 식사도 제대로 안 하고.

정서   아니요. 오늘 소화가 좀 안 되어서요. 그전부터 여기 음식 맛있었어요. 선배 많이 드셔요(해맑게 웃는 정서).

#40. 영화관. 극장 안. 이태원 거리. 찻집 [밤]

극장 관람석. 나란히 앉은 두 사람.

준수   좋은 영화 나오면 우리 잘 왔었는데. 오랜만이네.

정서   정말 오랜만요.

커피 마시며 팝콘 집어 먹으면서 영화 보는 두 사람. 정서 머리는 그의 어깨에 기대어 있고, 그의 팔은 정서 어깨 껴안고 있다. 영화 끝나고 상가 불빛 화려한 이태원 밤거리를 팔짱 꼭 끼고 걷는 두 남녀. 준수의 코에 스며드는 익숙한 정서 체취. 카페에서 키위주스 마시는 두 사람.

#41. 모텔. 룸 (밤)

룸에 들어서자마자 그의 목을 덮치다시피 끌어안고 열렬한 키스 퍼붓는 정서.

정서　　선배 사랑해요!
준수　　나도 사랑해!

정서와의 진한 키스는 폐암 진단받고 처음.
모텔에 간 일도 언제였던가. 뜨겁게 달아올라 무섭게 팽창하는 자신의 몸. 연인을 으스러지도록 껴안으며 한 손으로 연인의 매끄러운 머릿결 쓰다듬는 준수. 사과 향 샴푸 내음! 샤워 후 큰 타월 한 장 두르고 그의 가슴을 파고드는 여자. 침대에 쓰러지는 두 사람. 아찔하도록 아름다운 나신의 곡선, 여자의 터질 듯 풍만한 젖가슴에 얼굴을 묻고 탄력 있는 여자의 몸을 애무하기 시작하는 남자.

얼마나 그리워하던 연인의 몸이었던가.

정서   우리 오랜만이죠!

준수   나 지금 행복해. 행복한 순간에는 맘껏 행복해지자!

자신의 몸 아래서 흥분과 격정에 몸부림치는 여자. 살과 살이 뜨겁게 맞닿는 황홀함과 흥분으로 한밤을 불태우는 젊은 두 연인. 이대로 세상 끝이라 해도 행복하리. 연인과의 육체적 사랑 행위가 천 마디 말보다 더 진실하게 느껴지는 준수. 병마가 들고부터 정서와 멀어지는 느낌에 얼마나 많은 불면의 밤을 보냈었던가. 어쩌면 몸이 아픈 것보다 더 괴로웠다. 한바탕 뜨거운 사랑이 지나고 침대에 나란히 누운 연인.

준수	정서, 너만 내 곁에 있어준다면 나, 병마 이길 거야.
정서	…. 선배 미안해요!
준수	너 또 그 소리야! 한 번만 더 하면 나 화낸다.

그와 사랑을 나누고 나면 정서는 언제나 미안하다고 했다.
그가 정서의 하얀 귓밥을 살짝 물어주자 다시 그의 품을
파고드는 여자. '오늘 밤은 제발.'

준수	오늘 밤 우리 같이 보내고 싶어. 안 되겠니?
정서	부모님이, 선배도 잘 알면서….
준수	이 밤, 정말 같이 있고 싶은데….
정서	(준수 몸 위로 올라 알몸을 포개며) 그럼 한 번 더 우리 사랑 불태워요!

#42. 진주. 모텔 룸 [한밤중] - 과거

남도 여행길. 봄바람에 벚꽃이 꼭 나비처럼 흩날리는 하

동 십리벚꽃길. 손에 손 잡고 걷는 줄지은 상춘객들.

정서 아! 너무 아름다워! 여기 십리벚꽃길 꿈속 길 같은데, 이상하게 옛날에 본 길 같은 기시감이 들어요.

준수 본 길 같다고? 서울 토박이가 혹 전생에 십리벚꽃길 부근에 살았을까? 좀 전에 본 쌍계사 벚꽃도 만발이고, 우리 날짜 잘 맞추어 남도 여행 왔네!

정서 와! 꽃구름, 벚꽃 터널, 사진도 많이 찍고 정말 오래오래 추억에 남을 거예요! 이젠 토지, 평사리 최참판댁으로 가요.

여행이 즐거운 두 사람. 평사리 최참판댁 고가 배경으로 정서 사진 많이 찍어주는 준수. 그날 밤, 하동 모텔에서 뜨거운 사랑을 나누고 둘은 피곤하여 곤히 잠들었다. 잠결에 비명에 놀라 눈뜬 준수, 옆자리 정서. 매라도 맞는 것처럼 몸을 뒤틀며 비명을 지르는 정서.

정서 아야! 아얏! 너무 아파요! 잘못했어요! 예! 말 잘 들을게요!

준수	(정서 흔들며) 왜 그래? 악몽 꾸었어? 잠 깨봐!

번쩍 눈뜬 정서, 진저리치며 그의 품속으로 숨는다.

정서	무시무시한 짐승한테 끌려가다 깼어요. 아이! 무서워!

식은땀을 흘리며 벌벌 몸을 떠는 정서.
이튿날, 간밤 일은 다 잊은 듯한 정서 모습에 고개 갸웃하는
준수.
바닷가 파도 소리. 선행.

#43. 부산 해운대 호텔. 객실. 침대 [한밤중]

창밖으로 하얗게 밀려오는 파도가 보이는 바닷가 호텔.
2박 3일 남도 여행 마지막 코스. 구운 쥐포, 오징어 안주
로 캔 맥주 마시며 즐기는 두 사람. 술에 취하고 뜨거운
사랑에 취하여 꿀잠에 빠져든 두 사람.

소리	악! 으악! 아아악! 아악!

비명에 놀라 잠 깬 준수. 팔베개하고 누웠던 정서가 없다.

준수	정서, 정서야, 어딨어? 왜 그래?

욕실 큰 타월 뒤집어쓰고 창문 커튼 뒤에 몸을 숨긴 채, 바들바들 떨고 있는 알몸의 정서. 눈물이 그렁그렁, 얼굴이 하얗게 질려 있다.

정서	무서워! 너무 무서워! 난 잠을 잘 수가 없어!

정서 안아다 침대에 눕히고 이불을 덮어주는 준수. 오돌오돌 떨며 밤을 새우는 정서. 준수의 잠도 이미 달아났다.

준수	정서야, 내일 서울 가는데 눈 조금만 붙여!
정서	…!

이튿날, 서울 가는 고속도로 차 안에서 정서는 아무렇지 않았고 명랑했다.

#44. 준수 집. 거실 (저녁)

전화도 없이 친구 배기호 방문. 까칠한 얼굴.

기호 야, 너한테 돈 빌려달라면 말 안 되겠지?

준수 백수에 환자인 나한테? 영호 많이 안 좋아?

기호 통증이 심해지고 숨도 차고, 병원서 혈액암이래. 씨발 병신 새끼 병치레 십 년도 넘었어. 개뿔도 없는 집구석, 아버지 당신 신장 팔아 수술시킨대. 내 참 어이가 없어서.

준수 신장을? 누구에게 팔아?

기호 병원 화장실이나 터미널 으슥한 데 붙여놨잖아. 신장 산다는 전단지. 신장만 빼가고 돈은 안 주는 전문 사기꾼 놈들이지.

준수	뭐라고? 암! 암, 영호가 혈액암?
기호	한 장 빌려줘! 죽든 살든 마지막으로 수술시키게. 아! 지긋지긋해. 이젠 집구석 일에 정말 손 뗄 거야. 내가 네 돈 5년 안에 꼭 갚을게. 존나게 로또 되면 직방이고.
준수	뭐라고?

(아버지 회상)

'돈은 은행에 맡겨라. 친구, 지인과의 돈거래는 상책 아 닌 하책. 부득이할 땐 그 돈 못 받아도 타격 안 받을 만 치 그냥 준다 생각하고 빌려주어라. 돈 잃고 원수 된다.'

#45. 회사 앞 사거리. 부근 식당 (저녁) - 과거

퇴근길. 나란히 걷는 그들 앞에 키가 작고 앞머리가 훌렁 벗겨진 영감님 나타나 길을 막았다. 까무러지게 놀라며 재빨리 영감님을 건물 옆으로 데려가 툴툴거리는 정서.

정서   내가, 천천히 소개한다고 했는데 왜, 왜 오셨어요?

윤영달   (정서 아버지, 65세) 얘는 만날 담에, 담에 미루기만 허제. 딸자슥 가진 부모 처지가 어디 그런가? 기든 아니든 내 눈으로 한번 봐야 걱정을 들지.

정서   (짜증스레) 그래도 이렇게 막무가내로 오시면 어떡해요?

영달   (준수 향해) 나가 그냥 와부러 쪼매 미안치만 이해하더라고잉. 자식이라곤 씻고 닦고 저 애 하나라 얼매나 귀하게 기른 여식이라 나가 가만 못 있지라잉. 네댓 살꺼정 나가 업어 키워당께!

준수   예. 인사드린다는 게 늦었습니다. 어르신 죄송합니다!

준수, 당황하며 그 부근 한우 식당으로 정서 아버지 안내. 식당 물수건으로 얼굴, 목까지 쓱쓱 닦는 정서 아버지. 뭉툭 코에 두툼한 입술, 부리부리한 눈. 뻣뻣하게 선 일자 눈썹.

영달   야가 결혼 말만 하믄 지는 사람 있다고 펄쩍 뛰는 기라. 그라믄서 결혼은 자꾸 미루고. 글케도 나헌테 인

최순희 시나리오 각본

사는 시키야제. 나가 눈으로 면상 쪼매치라도 봐야
걱정을 허든 말든 허제.

준수 예! (정서, 아버지 안 닮았네. 정서는 결혼 말 통 없었는데.)

정서 회사 일이 바쁘다고 했잖아요.

영달 껄껄껄. 큰 회사 일을 지 혼자 다 하능가? 애는 만날
기둘리라 허제.

준수가 구워주는 소고기를 널름널름 집어 먹는 영감님.
소고기는 덜 구워져도 된다면서 입에 넣기 바빴다. 그가
따라주는 소주는 성에 안 차는지 세 병째 벌컥벌컥 부어
마셨다. 식사도 안 하고 내내 불편한 얼굴인 정서, 아버
지 얼굴에 벌겋게 취기가 오르자 파랗게 질렸다. 술 취해
실수라도 할까 봐선지 콜택시 불러 아버지 억지로 택시
에 태워 후다닥 떠나는 정서. 껄껄 웃는 얼굴로 손까지
흔들며 떠나는 영감님.

#46. 한강공원 (저녁)

손 잡고 다정하게 걷는 두 사람. 해넘이 오렌지색 윤슬로
반짝이는 강물. 정서 얼굴도 오렌지색.

정서 아버지 혼자 결혼 재촉하고 있어요. 아무 준비도 없이.
준수 딸은 결혼하잔 말 없고, 아버지만 재촉하셔?
정서 선배, 난 지금 이대로가 좋아요. 정말 행복해요!

그가 명절에 집으로 인사 가려 해도 한사코 만류했던 정
서. 마포 쪽 작은 빌라에 산다는 말은 들었다. 정서 만나
헤어질 때 빵, 과자 사 정서 편에 보내는 준수.

준수 내년에 정서, 화사한 오월의 신부로 만들어주어야지.
정서 깜짝 놀라게 해야지. 신혼집도 살림살이 다 있
는 33평 부모님 아파트로 정서는 몸만 오면 되니까.
거실 소파 낡았으니 새로 들이고, 벽지 바꾸고, 주방
은 싱크대 등 인테리어 새로 하면 될 거야.

#47. 시내. 뷔페 식당 (저녁)

어버이날 뷔페 식당에 정서 부모님 초대한 준수.
정서 어머니(65세, 완전 흰머리)와 육류 고기만 쟁반에 수북
하게 많이 담아 와 볼이 터지게 입에 밀어 넣기 바쁜 정서
아버지. 딸이 골라 담아준 음식 쟁반 들고 와 조용히 식사
하는 정서 어머니.

영달　　요샌 이런저런 선물보다 봉투가 젤이제.

준수　　예 아버님, 여기 조금 넣었습니다.

양복 안주머니 봉투 꺼내 정서 아버지께 드리는 준
수. 봉투 열어보고 주름진 얼굴에 흡족한 웃음꽃 피
는 정서 아버지. 아무 표정 없는 정서 엄마. 심히 못
마땅한 표정의 정서.

영달　　이왕 내친김에 말함세. 얼릉 날 잡아 식 올리더라고
잉. 둘이 회사 나란히 댕기고, 살림이사 정서 엄마가
번쩍번쩍 다 해줄 거니 걱정 하들들 말고.

정서	또 그 말, 우리가 알아서 한다고 했잖아요.
준수	예. 정서하고 의논해서 잘하겠습니다.
영달	나하고 약속했네. 예식 날 내가 잡아줄까? 딴 거 없고 예식장서 후딱 식만 올리부러잉! 새신랑 양복 한 벌이사 나가 허벌나게 해주고말고잉!

내내 말 한마디 없는 정서 엄마, 알고 보니 청각장애자였다. 울퉁불퉁 거친 두 손, 주름진 얼굴, 그냥 미안한 표정. 정서의 간단한 수화에 고개 끄떡이며 딸 바라보는 애틋한 눈빛의 머리가 하얀 정서 어머니.

#48. 발병. 병원. 수술. 이사 (여름 - 가을 - 겨울)

사람이 한 치 앞을 모른다고 누가 말했던가. 가을이 오기 전, 여름에 청천벽력 병마에 절망하고 방황하는 준수. 결국 사실을 정서에게 알렸다. 얼굴이 하얗게 경직되어 그의 가슴에 얼굴을 묻고 하염없이 눈물 흘리며 울고 또

우는 정서.

정서　폐암이라니요? 어떻게 그런 일이! 어떡해? 어떡해요?

준수　울지 마. 나, 그렇게 나약한 인간 아니야. 꼭 이겨낼 거야!

정서　그래도, 다른 병도 아니고 폐암이라면서요! 선배, 미안해요! 나 때문에요! (자기 탓인 듯 너무도 절망하는 정서.)

준수　너, 무슨 그런 말을? 내가 미안하지. 어쨌든 이겨내야지!

회사 휴가 신청. 폐암 1기, 근치절제 수술. 안 박사는 선암이라며 다행이라고 몇 번이나 강조했다. 퇴원 후, 몸 추스르고 출근하니 발병 소식은 파다하게 퍼져, 관심과 동정의 눈길, 업무 피곤 겹쳐 회복 염려되어 휴직 결정. 아파트 전세 주고 서울 가까운 경기도 신도시 주택단지로 이사.

그때부터 정서 만남도, 결혼 말도 뜸했다. 그로선 수술 후 표적 치료와 약 복용, 정기적 병원 검사 진료가 우선이었다.

소리 없는, 보이지도 않는 병마와의 긴 싸움의 시작이
었다.

#49. 시내 커피숍 (토요일 오후)

문자. "선배, 그 커피숍서 기다릴게요."
다저스 야구모자, 점퍼 입고 약속 장소로 가는 준수. 커
피숍 부근에 풍기는 기분 좋은 커피 향기. 창가에 앉은
정서. 커피 내음 짙은 실내에 흐르는 귀에 익은 음악(슈베
르트 자장가 중, '보리수').

정서   혹시 하고 카운터에 물었더니 곡이 있다길래 신청했
         어요.
준수   아, 보리수! 오랜만에 듣는 정서 애창곡이네.

아주 낮은 소리로 따라 부르기 시작하는 정서.

성문 밖 우물곁에 서 있는 보리수

나는 그 그늘 아래 단꿈을 보았네

가지의 희망의 말 새기어 놓고서

기쁘나 슬플 때나 찾아온 나무 밑

오늘 밤도 지났네 보리수 곁으로

캄캄한 어둠 속에 눈감아 보았네

가지는 흔들려서 말하는 것같이

친구여 여기 와서 안식을 찾아라

좀 야윈 듯한 정서 얼굴. 본디 군살 하나 없는 날씬한 체격에 목이 길고 빗장뼈 라인이 아름다운 정서. 한층 깊어 보이는 검은 눈빛, 투명한 피부. 핑크 립스틱 조금 바른 예쁜 입술.

준수   업무가 많아졌어? 더 날씬해졌는데.

정서   아니에요. 보기만 그렇지 몸무게는 내내 그대로요.

따뜻한 아메리카노 마시며 뭔가 망설이다 입을 떼는 정서.

정서	선배, 부탁 하나만 들어줘요.
준수	무슨 부탁인데? 어째 겁나는데.
정서	저 실은요. 돈이, 돈이 좀 필요해서요.
준수	(돈 부탁은 처음) 돈? 뭘 하려고 그래?
정서	독립할까 봐요. 잔소리가…. 오피스텔 얻어 나오려고요.
준수	독립? 아버지 허락하실까? 하나뿐인 자식인데.
정서	하나뿐인 자식이 얼마나 힘든지 아세요? 선배는 부모 님 안 계시니 잔소리도, 속상할 일도 없겠지만.
준수	글쎄, 그럴까? 얼마가 필요한데?
정서	저기, 5천만 원이요. 미안해요.
준수	(큰돈인데, 망설이다) 알았어.

얼굴이 조금 펴지는 정서.

#50. 준수 집. 베란다 거실 (저녁)

대형 검정 캐리어 세트에 빵빵한 배낭 멘 젊은 남자, 집

　　　　　최순희 시나리오 각본

앞 택시에서 하차. 테라스에서 키위주스 마시고 있던 준수, 차 소리에 무심히 내다보다 깜짝 놀란다.

준수   어? 기호인데 웬 여행 백을 2개나?

기호   (그를 향해 손 흔들며) 어이 친구! 대문 좀 열어주라!

대문 인터폰 누르고 현관문 여는 준수. 계단으로 대, 중 캐리어 2개 끌어올리는 기호. 거실에 들인 대형 여행 백 세트, 배낭. 올드 청바지 검은색 후드 티셔츠, 국방색 파카 차림 기호.

준수   이게 무슨 비상 상황이지?

기호   (들뜬 표정) 씨발! 일이 급하게 되어 이틀만 신세 좀 지자.

준수   뭐라고? 너 정말…!

기호   모레 오피스텔 비워주기로 했는데, 씨발 새끼들이 오늘 처들어 와 협박하는 거야. 뒤처리는 존나게 지들이 한다고 짐 챙겨 나왔지. 씨발 새끼들 인상이 폭력배 같았어.

준수	이틀 뒤 어디로 가는데?
기호	뉴 아메리카!
준수	뭐! 미국행? 갑자기? 동생 수술했어?
기호	(화난 표정) 씨발! 너 돈 수술비로 주고 간다. 꼰대 소원대로 하라고. 아까운 돈만 처넣자 인간 되긴 글렀다니까. 존나게 돈 벌어 너 돈 먼저 갚을게. 잭팟 터지면 직방이고.
준수	(로또 말고 카지노? 저 자식이…) 갑자기 미국은 왜?
기호	내 팔자 한번 바꿔보려고. 안 돌아올지도 몰라.

마침 걸려 온 전화, 폰 들고 급하게 테라스로 나가는 기호.

기호	준비 다 됐지? 환전도? 꼭 일찍 나와. 수속에 시간 많이 걸린다니까. 나 바빠. 내일 얘기해. 그래 알았지?
준수	(얼핏 여자 목소리 들었다.) 미국에 여자하고 같이 가냐?
기호	내가 같이 갈 여자가 어딨어. 후배. 해외 처음이라 계속 전화질이야. 성가시게.

#51. 집. 거실. 컴퓨터실 (오후)

뒤숭숭한 꿈자리가 계속되는 요즘. 왠지 불안하고 허전한 느낌이 드는 준수. 증권사 바쁜 시즌. 정서 전화 뜸한 어느 날, 정서와 입사 동기 김 대리 전화.

김 대리   (낮은 목소리) 과장님, 윤정서 퇴직한 것 아시지요?

준수   퇴직? 언제?

김 대리   모르셨어요? 미국인가 간다던데?

준수   뭐, 미국? (기호 간 미국?)

김 대리   예. 엊그제 윤정서 아버지 회사 찾아와 딸 퇴직금 내놓으라고 난리 난리 쳤어요!

준수   (더 듣기 싫어) 김 대리 바쁠 텐데, 언제 식사 한번 하자고.

전화 끊고 정서 단축 번호 누르는 준수. 뚝, 뚝, 뚝. 일그러지는 얼굴.

준수   이게 뭐야? 장난치니? 윤정서, 너 장난이 심하잖아!

떠나면 떠난다고 말할 것이지, 어떻게?

언젠가 정서가 했던 말이 퍼뜩 떠올랐다. '내가 언제까지
고 껌딱지처럼 선배 곁에 붙어 있을 거예요!' 그땐 웃었
지. 헛웃음이 나왔다. 바지 주머니 뒤지는 준수.

준수   껌, 껌딱지처럼! 담배 어딨어? 담배? 담배 어디 넣었어?

장송곡 흐르는 화장장 전경. 선행.

#52. 시립 화장장 전경. 검은 상복 입은 사람들 (낮) - 과거

C. U.

검은 옷 입은 친척들. 큰아버지, 큰엄마, 이모, 사촌들 슬
픈 얼굴들. 화장장 문이 열리고 두 개의 관이 천천히 안
쪽으로 끌려 들어간다. 아버지의 흰 관이, 어머니의 흰

관이 조금씩 움직인다. 절규하는 이모, 큰아버지 통곡. 사촌들 울음! 조금씩 조금씩 안쪽으로 끌려 들어가는 나무 관. 아버지 관이 흰 장막 안 화염 속으로 사라지더니 어머니 관도 끌려 들어간다.

준수   저 관 붙잡아야 하는데, 아버지이! 엄마! 엄마아! 제 에발 잠깐만요!

스르르르 소리도 없이 안으로 끌려가는 어머니 관 붙잡으러 뛰어든 순간, 흰 장막이 쏘는 레이저 빛에 두 눈을 찔리는 준수. '으악!' 비명 지르면서 쓰러지는 준수.

#53. 준수 집. 병원. 거실 (밤 / 낮 / 밤)

무심한 날들이 무심히 흘러갔다. 기침 한 번에도 너무 예민해지는 신경. 수술한 부위에 감각이 없다. 심장이 쭈뼛, 전에 수술하고 정신이 들었을 때, 나무토막처럼 벽돌처럼 느껴지던 마취 상태 자신의 몸에 얼마나 몸서리치고 소름 돋았던가. 정기검진 진료 예약일이 보름도 더 남았건만 병원 차가운 시트에 몸을 맡기는 준수. 폐암 환자 생존 수치는 안 보는 게 약이다. 병원 가면 한없이 심약해지고 겸손해지는 마음.

환우 1   젊은 저 친구 수술하러 개복했다 도로 덮었대요. 종양이 너무 퍼져 손쓸 수가 없다네요!

환우 2   이제껏 잘 버티었는데 척추 골반에 전이되어 이젠 무통제 달고도 진통제 주사로 버텨요!

준수   목숨을 문 앞에 걸어놓고 사는 사람들. 어쩌면 나도 어느 날, 갑자기 내 생이 끝나는 게 아닐까? 두려움이 너울 파도처럼 덮친다. 고독사, 노인들만 고독사하랴. 청춘도 고독사한다! 그렇지. 슬픔도 아픔도 본디 남겨진 자의 몫이지. 부모님도, 사랑도 다들 내 곁을 떠나는데 한사코 내 몸에 기생하러 찾아온 너! 그래, 넌 나랑 친구 하자! 우리 천천히 함께 가는, 미워하지 않는 내 친구 하자!

'잊혀진 계절' – 이용, 노래 선행

지금도 기억하고 있어요 시월의 마지막 밤을

뜻 모를 이야기만 남긴 채 우리는 헤어졌지요

그날의 쓸쓸했던 표정이 그대의 진실인가요

한마디 변명도 못 하고 잊혀져야 하는 건가요

언제나 돌아오는 계절은 나에게 꿈을 주지만

이룰 수 없는 꿈은 슬퍼요 나를 울려요

휴대폰에서 정서 전화번호, 카카오톡 메시지 전부 삭제
하는 준수. 일그러지는 얼굴.

#54. 준수 집. 거실 (토요일 오후)

절친한 친구들 방문. 박정태, 권인수, 이규석. 수술 입원
기간 차례로 병실을 지켜준 고교 친구들. 박정태, 고향
광양 백운산 고로쇠 약수 3통 싣고 왔다.

정태	그 계집애 잊어버려. 돌아올 애가 아니야!
인수	버스하고 여자는 잡는 게 아니라고 했어! 나쁜 애네!

친구들은 정서의 미국행에 고개를 절레절레. 빌려준 돈 얘
기는 꺼내지도 못하는 준수. 계좌이체로 3천 보냈는데.

인수	참 배기호 미국 갔다며? 모르지?
준수	알아. 여기 이틀 있다 갔어. 나도 몰랐어.
정태	아메리칸 드림인가?
규석	기호, 자기 아버지 신장 팔아 동생 수술한단 소리 안 하던?
준수	너한테도? 영호 혈액암 수술한다고. 1장 말하는 걸 3백만 원 줬는데.
정태	너한테? 참. 나도 회사로 찾아와 사정해서 2백 보냈지만.
인수	난 와이프 모르게 백만 원 보냈어. 규석이 너는?
규석	2백만 원. 로또 되면 직방이고 차 팔면 먼저 갚는다고. 이 자식 미국 말은 없었어.
정태	다 얼마야? 절반은 달러 바꿔 가져갔겠네!

인수	기호 여자하고 같이 출국하더라는데. 누굴까?
준수	(놀라는 준수) 뭐! 여자?
정태	지난 연말 모임 때, 동거녀하고 헤어졌다 했잖아.
규석	자식, 몇 번째야? 연애도 잘하고 헤어지기도 잘하고.
정태	우리 다 기호한테 차 샀는데, 자식 서비스도 없고…!
준수	나가자. 여기 경상도 추어탕 잘하는 식당 있어. 가자!

비발디 사계 '봄' 선행.

#55. 집 잔디 마당. 유모차. 보행기. 테라스 (낮)

비발디 사계 '봄' 음악이 흐르는 잔디 마당.
잔디의 잡초 뽑는 할머니. 대문 그늘 쪽의 돗자리 매트 깔고 놀고 있는 은아네. 전기선 연결하여 돌아가는 선풍기. 은아 엄마 유모차 슬슬 밀며 마당을 돌고 유모차 딸랑딸랑 딸랑이 소리에 인형 같은 손 흔들며 기분 좋은 은아.

낮이 긴 봄날. 딩동댕 딩동댕! 딩동댕! 은아 흔들기 시작!
보행기 타고서 흔들흔들 몸 흔들며 두 다리 버둥대는 아
기. 살이 올라 통통한 볼, 또렷한 눈망울, 머리에 분홍 머
리띠, 흰 스타킹, 엉덩이 겨우 덮는 반짝이 원피스. 이유
식 잘 받아먹는 아기. 은아네는 다과상에 식사. 특히 스
텐 볼에 갖가지 나물과 밥, 고추장 넣고 숟가락으로 쓱
쓱 비벼 맛있게 먹었다. 수박 한쪽씩 곧잘 2층에 올려주
어 수박 1통 매트에 놓아두는 준수. 은아 잠들면 이동 모
기장 펼치는 은아 엄마.

테라스, 준수 무지개색 비치파라솔에서 내려다보며 '인
형 같던 아기가 언제 저리 자랐지? 신기하네.'

어제, 원숭이 인형 안고 보행기에서 잘 놀기에, 지나다 잠
시 멈춰 보았는데 아이가 놀라 버둥거리다 보행기랑 홀랑
넘어져 자지러지게 우는 아이. 엄마가 안아 일으키고 준
수, 잠시 난감한 처지.

준수　　(어휴! 꼬마야. 이젠 너 안 봐!)

#56. 잔디 마당. 전래동요 (낮)

할머니   (노래) 어부바, 어부바, 우리 아기 어부바, 어부바!

은아가 울거나 잠투정으로 칭얼대면 포대기를 둘러 아기 업고 자장가 부르는 할머니. 등에 착 달라붙는 아기 궁둥이 토닥이며 부르는 자장가.

자장자장 우리 아기 자장자장 우리 아기
멍멍개야 짖지 마라 꼬꼬닭아 울지 마라
우리 아기 잘도 잔다 우리 아기 잘도 잔다
새야 새야 파랑새야 녹두밭에 앉지 마라
녹두꽃이 떨어지면 청포 장수 울고 간다
새야 새야 파랑새야 우리 논에 앉지 마라
새야 새야 파랑새야 우리 밭에 앉지 마라

은아 일으켜 세워, 양쪽 겨드랑이에 손 넣고 좌우 다리 들어 올리는 할머니. 한쪽 발 뗄 때마다 까르르 까르르 넘어가는 은아 웃음소리 풍선처럼 펑펑.

할머니   불매불매 불매야 불매불매 불매야, 이 불매가 누구
        불맨가 불매불매 불매야, 불매불매 불매야 불매불매
        불매야.

#57. 마당. 여름. 벤치 (낮)

지연   2층 남자 어디가 아픈가? 보기엔 세상 멀쩡한데. 진짜
        백수? 근래 더 우울한 기색이네. 매일 다니던 매봉산도
        거르는 듯하고, 어깨가 처지고 두 눈은 갈맷빛 바다처
        럼 깊어지고, 반듯한 이마에 그늘이 짙고 입은 아예 테
        이프로 붙여버렸어. 늦은 밤 만취가 되어 비틀비틀 계
        단 올라가는 걸 두 번 봤지. 단풍나무가 아기 손바닥
        같은 초록 잎새를 내놓아도, 두 가지 뻗은 은행나무가
        연두 새잎을 보여줘도 무심히 지나치는 남자. 지난겨울
        첫추위 왔을 땐 비닐과 포대로 나무들 꽁꽁 덮어준 남
        자였는데…:

#58. 지연 집. 거실 (낮)

지숙   세상에! 아버지 전답 이천여 평, 전부 오빠 앞으로 이
전했다니, 말이 되냐고?

지애   와! 벼락치기네. 언제 명의 이전했는데?

지숙   특별법인가 있어 후딱 한 모양이야. 어이가 없네. 엄
마 명의 찬샘 논은 딸들 몫이니 그리 아시우. 오빠 안
줄 거지?

할머니   너희 오라비 위로 천연두 돌림병에 아들 둘이나 잃
고, 큰애 머리에 열만 올라도 내가 벌벌 떨고 간이 떨
어졌다. 그 자식 다섯 살 먹을 때까지 잠 안 자고 머
리맡에 앉아 장등으로 지켜낸 자식이니라.

줄줄이 쑥쑥 난 딸들과는 천양지차 가슴에 품고 키운 귀
한 외아들. 며느리가 아들을 머슴같이 부려 먹고 뒤늦게
힘든 농사일하는 아들이 안쓰러울 뿐인 엄마.

지숙   (입 삐죽거리며) 요즘 세상에 엄마처럼 아들딸 차별하
는 사람이 어딨수? 옛날, 방학 때 대구서 오빠 집에

와도 언제 일 시켰수? 딸들만 논밭 일 다 시켰지. 인
삼 넣은 삼계탕도 아버지, 오빠만 먹이고 우린 병아리
눈물만치 국물 얻어먹었네. 중학교 졸업하고 죽도록
농사일에, 양동이로 샘물 머리에 이다 나르느라 난 키
도 못 크고 작잖아. 찬샘 논 우리 줘야 마땅하지.

할머니   논 그거 셋이 가르면 몇 평이나 된다고 난리를 치누.

지숙   몇 평 되고 안 되고가 문제유? 우리도 자식이다 이거
지. 니들 입에 꿀 발랐냐?

지애   언니, 나는 입에 바를 꿀도 없어!

큰언니 아킬레스다. 공부에 한이 맺혀 아들딸 원 없이 공
부시키고 싶은데 형편 어려우니 짜증이다. 화장품 방문
판매, 선거 때면 후보 연설 박수부대, 승합차 타고 마늘
캐고 양파 캐러 다니는 지숙.

지숙   지연아, 너 옷 정리 언제 하냐? 기다리다 목 빠지겠다!

자매가 비슷한 체형이라 유행 좀 지난 옷, 몇 번 안 입은
옷, 화장품, 가방, 그릇 등 모아 언니 챙겨주는 지연.

지숙   (많이 챙겨주면) 쟤는 돈이 남아돌아요! 바지 길이만
          안 줄이면 딱 좋은데.

지숙   (가져갈 게 없으면) 쟤는 저 몸뚱이 하난데 옷도 안 사
          입고 뭐 하누?

지애   우리 큰애는 반에서 1등, 둘째는 꼴등. 참 신기하지?

          현관 인터폰 소리 선행.

#59. 준수 집. 거실. 서재 (오전)

          인터폰 벨. 인터넷 자료 찾고 있던 준수, 머리 갸웃, 은아
          엄마 화사한 얼굴. 손이 간 예쁜 머리, 자주색 벨벳 원피
          스에 흰 숄 두르고 훈훈한 봄바람까지 데리고 왔다.

지연   박 선생, 오늘 바빠요?

준수   예?

지연   은아 첫돌요. 여기 돌떡 조금요. 혹 오후 시내 나오시

면 놀러 오세요. 안 오셔도 괜찮아요.

준수   예. 축하합니다! (벌써 은아 첫돌?)

행복한 웃음이 묻어나는, 약간 상기된 그녀의 표정.
무지개떡 수수경단, 수육과 한과가 장미꽃 문양 접시에
소담스레 담긴 소반. 예쁜 모자 쓰고 멋 부려 큰 아이로
보이는 은아 초대장 사진에 픽 웃는 준수. 요즘도 그만
보면 입을 삐쭉삐쭉, 안 보려고 고개 돌렸다 살그머니 쳐
다보곤 잉잉! 사슴 같은 눈망울에 그렁그렁 눈물 비쳐 그
를 난처하게 만드는 울보. 지연 변명. 애가 할머니, 엄마,
엄마 친구들 죄다 여자들만 봐서 그런가 봐요.

준수   (울보 첫돌? 전부 낯선 사람들인데. 인수에게 물어봐?)

인수   인마, 한집에 사니 참석하면 좋지. 안 가도 되지만 돌
떡은 그냥 안 먹는다.

준수   그림책? 장난감? 뭘 살지 알아야지. 그 돌떡 참 부담
스럽네.

결국 돌떡 담아온 소반에 '은아 첫돌 축하합니다' 쓴 봉

투 없는 준수. 그러나 은아 첫돌에 가지 않은 그 일이, 훗날 그가 후회하는 또 하나의 일이 될 줄은 정말 몰랐다.

#60. 정형외과 병원 앞. 부근 식당 (오후)

교통사고로 입원한 대학 친구 병문안하고 나와 주차장으로 가던 준수, 낯익은 얼굴 발견. 회색 점퍼 걸친 추레한 행색의 나이 든 남자. 외면하고 그냥 가려다 다가가 인사하는 준수. 그를 알아본 상대, 화들짝 놀라 뒷걸음질. 일자 눈썹, 검버섯, 뭉툭코, 두툼한 입술, 억센 주름살, 뒤통수 조금 있던 머리카락도 빠져 완전 대머리.

영달   자네가, 자네가 여긴 어떻게…? 여편네가 못 걸어 무릎팍 수술했구마. 집구석에 돈이 없어 다리 한 개만 했제. 귀가 절벽이라 사람 구실도 몬 하는 늙은이가 돈 까묵는 바구미여!

병원 부근 식당으로 안내하는 준수. 의자에 앉자마자 주절대기 시작하는 영감님.

영달 자네 꼭 만나볼라 했는디 이사한 주소도 모리고, 전부터 가이내가 자네 휴대폰 번호 절대 말 안 해주고 숨긴지라 전화도 몬하고 나가 천불이 나 죽겠더마.

준수 (소주를 컵에 따라주며) 저를요?

영달 그 가이내, 뭔 여시 짓인지 몰라서. 그짝은 다 알고 있었제. 옛말 틀린 게 하나 없지라. 머리 검은 짐승 거두는 게 아니라고 했는디….

불편하고 황당한 심사로 불판에 삼겹살 굽고 있는 준수. 부어준 소주 냉큼 마시고 자작으로 연거푸 소주 따르는 노인.

영달 인간이 불쌍해서 거두었더니 나가 독사 새끼를 키운 기라. 고 영악한 가이내, 나가 미쳐 넘어가는 꼴 볼라고, 하므! 고런데 말이여 생 목숨 간대로 안 끊기더라꼬.

침 튀기며 저주를 퍼붓는 노인의 눈빛에 비치는 섬뜩한 증오! 덜 구워진 고기까지 젓가락으로 덥석덥석 입으로 가져가기 바쁜 정서 아버지.

준수　정서한테 전화는 자주 오지요?

영달　헛 참! 전화는 무슨 얼어 죽을! 이 보더라고. 나가 결혼 재촉할 때 후딱 식 올리시믄 이런 사단 안 났지. 꿩도 매도 다 놓치고 이기 뭐여? 고 가이내 미국 아니라 세상 어데 가도 지 멋대로 몬 살고 죗값 받지러, 아암!

준수　(자식이 아무리 밉기로 무슨 저런 악담을…?)

영달　고년이 그짝 돈 앗아가지 않은 기여?

준수　아니요. 정서 미국 간 줄도 몰랐습니다.

영달　거짓부렁 하구먼. 고런 흰소린 귓구녕에 안 들오제잉. 가이내가 침 뱉는 짓거리만 안 해도 나가 눈감을 때까지 입 꾹 다물었제. 쓰레기장서 울고 있는 거지새끼를 줏어 왔제. 나이 물어니께 손가락 네 개 폈다 다섯 개 폈다 하데. 나가 자슥도 없고 여편네가 끼고 살았제. 나가 자네 몇 번 만나보니, 위아래 알아보고 처부모도 섬길 사람이라 결혼 재촉한께 이년이 째진 주둥이로 폐병쟁이한테 시집보내 생과부 만들 꺼냐고 퍼부섰제. 나가 요새야 의술이 좋아 큰 병원 가믄 죽을 병도 낫게 하는 돈지랄 세상이라, 결혼하라 재촉하니 지년 몸 팔아 애비 호강시키기 싫다고 생지랄하데. 없는 집구석에서 대학꺼정 시켰는디 은공도 모리고 늙은 부모 헌신짝맨치로 버리불고 미국 날랐제. 내 손에 잡히믄 모가지를 비틀어 죽일 년!

준수　(당신이 바구미여! 이빨 빠진 늙은 하이에나 같으니!)

듣다 못해 삼겹살 굽기를 멈추는 준수.
'쓰레기장서 주워 온 아이? 혹 잃어버린 미아는 아니었을까?' 정서 얼굴에 가끔 드리워지던 짙은 그늘과 우울한 모습들.
'정서야! 내가 너무 무심했어!'

#61. 대학 강의실. 도서관. 직장 (낮 / 밤) - 과거

준수, 대학 휴학하고 방황하다 자원하여 해병대 입대. 군필하고 돌아와 복학. 대학 도서관에서 만난 후배 윤정서. 중간고사, 기말 시험이면 동기들 노트 빌려보며 대학 도서관에서 밤새우던 후배. 진 바지 진 셔츠, 후드 카디건, 자켓, 바바리 코트로 봄가을을, 검은색 롱패딩으로 겨울을 나던 후배. 그러나 구김살 없이 과외며 아르바이트로 늘 바쁘게 뛰던 후배. 예쁜 후배와의 인연은 그녀가 졸업 후 그의 직장 S 증권 신입사원으로 들어오면서 다시 이어졌다. 윤정서. 목소리가 이슬처럼 맑고 상대의 말을 조용히 경청하는 그녀는 자연림의 산소 같은 여자였다. 그도, 그녀도 가족에 관해서는 서로 묻지도, 말하지도 않았다.

#62. 집 마당. 유모차. 놀이. 베란다 (낮)

나목처럼 황량하게 빈 가슴, 우울한 시야에 들어온 아

이. 테라스에서 보이는 풍경. 이젠 밤샘 울음도 사라졌다. 유모차 밀며 잔디 마당 도는 할머니. 햇살 가득한 마당, 돗자리에 마주 앉는 손녀와 할머니.

할머니　은아야, 조막조막!

은아, 조그만 두 손 쫙 펴고 오므렸다 폈다 반복.

할머니　아이고 우리 새끼 잘하네! 이젠 도리도리!

은아, 고개를 좌우로 너무 세게 흔들다 옆으로 쿵덕 넘어져 눈물 찔끔. 짝짝짝 시작! 손뼉이 어긋나며 은아 입 삐죽삐죽.

할머니　은아 니 자꾸 울면 울보 된단다. 울보. 노래하자, 응.

할머니, 은아 매트에 누이고 발목 잡고 천천히 앞으로 당겼다 밀었다 반복하며 부르는 노래. 은아는 재미있는지 까르륵 까르륵. 사설 동요 듣다 보니 반복되는 구절에 자신도 모르게 사설 동요가 귀에 익는 준수.

알강달강 알강달강 알강달강 알강달강

밀양장에 가서 밥 한 되를 사다가

바가지에 담아서 살강 위에 두었더니

머리 까만 새양쥐가 오며 가며 다 까묵고

밤 두 개가 남았는데 껍데기는 할미 주고

벌거지는 아베 묵고 보니는 어미 주고

알맹이는 니캉내캉 사이좋게 갈라묵고

알강달강 알강달강 알강달강 알강달강

지연　이거요, 옛날에 엄마가 우리 키울 때 하던 놀이인데
　　　은아까지 경상도 버전으로 유아교육 시켜요. 이거 클
　　　래식 유아교육이죠?

준수　은아가 좋아하던데요.

#63. 집 마당. 유모차. 걸음마 연습 (낮)

C. U.

지연   (상체 엎드려 은아 두 손 잡고) 자, 오른발! 왼발! 오른발! 왼발! 아유, 우리 아가씨 잘 걷네요!

그러나 엄마가 손 놓으면 두 발도 떼지 못하고 주저앉는 아이. 다시 일으켜 손 잡고 뒤뚱뒤뚱 걸음마 연습. 분홍 원피스, 반짝이 스타킹, 분홍 머리띠. 계단 내려오며 은아에게 눈길 머무는 준수.

지연   하안 발, 두우 발, 세에 발, 네에 발, 다아섯⋯.

지연 손 놓자 그만 벌러덩 넘어져 으앙 우는 아이. 준수 못 본 척 지나가는데 재빨리 은아 일으키는 지연.

지연   박 선생, 우리 은아 엊저녁에 네 발짝 걸었어요. 대단하죠?

준수   네 발짝이나요?

지연   내 말 안 믿기죠. 하기야 애 엄마는 하루에 열두 번 거짓말한다네요. 그게 나만 볼 때 아이가 재주를 부리니까. 은아야, 어제 잘 걸었찌?

젖살로 통통하던 아기가 이유식 하고부터 살이 빠지고 없던 쌍꺼풀이 예쁘게 올라붙은 은아. 엄마 올려보며 고개 끄떡끄떡. 엄마 눈길 따라 그를 빤히 올려다보는 은아. 유난히 새까만 눈동자, 뽀얀 볼살이 앙증스레 귀여운 아이.
정말 아기들은 하루가 다르게 쑥쑥 자라는 걸까?

지연   은아 걸음마 좀 늦어서요. 아기들 첫돌에 다 걷는다는데. 내가 애가 타서요.

준수   은아, 이젠 울지도 않고 키도 크고 많이 자랐는데요.

지연   어머나! 우리 은아 이젠 박 선생 보고도 안 우네. 웬일이야! 아유 이뻐라! (은아 후딱 껴안고 환하게 웃음 짓는다.)

#64. 테라스. 비치파라솔. 야외 탁자. 의자 (낮)

은아, 엄마 손 잡고 아장아장. 웃으며 보이는 석류알 같은 하얀 치아 두세 개 났다. 밖에 나갈 때 유모차 안 타려고 손으로 밀어내는 아이. 겨우 돌 지난 아기인데, 인간의 지능이 갖춰진 인격체에 놀라는 준수. 고집과 아집, 제 맘대로 안 되면 울고 떼쓰고, 기쁨도 놀람도 그대로 표현하는 아이는 독립된 한 생명의 소우주이자 대우주였다.
엄마가 훌라후프 돌리면 따라 한다고 미니 훌라후프 허리에 걸고 궁둥이 실룩이다 홀랑 넘어지고, 달리기, 공놀이, 흔들기 등 기를 쓰고 하는 엄마 따라쟁이 은아.

준수   (이제껏 아기를 이렇게 가까이서 본 적이 한 번도 없었어. 은아 성장은 신기해! 자주 보니 더 예쁘고 귀여운가?)

지연   엄마 손 잡아야지. 다치면 어떡하니? 애가 고집은?

지연 친구 어머머, 은아 배꼽 인사하는 거 봐! 이뻐 죽겠네.

#65. 준수 집. 새벽 (밤)

콩콩! 현관문 두드리는 소리. 연이어 인터폰 소리. 시계 4시 10분. 깨어 있던 준수, '누가 이 새벽에?' 잠옷 위에 카디건 걸치고 나가 거실 불 켜고 현관문 여는 준수. 다급한 은아 할머니 표정.

할머니   아이고! 신새벽에 미안허요. 우리 알라가 시방 많이 아파서!

준수   천천히 말씀해보셔요!

할머니   급해서, 우리 딸이 운전 좀 해달라카요. 알라가 많이 아파서.

준수   은아가요? 알겠습니다. 옷 갈아입고 바로 내려갈게요.

요즘 은아 못 본 것 같다. 물 한 컵 마시고 흰색 폴라 티셔츠에 진회색 카디건 재킷 걸치고, 차 키 들고 후다닥 계단 내려가는 준수. 포대기에 아이 안고 대문에서 기다리는 초조한 표정의 지연. 겨울 초입 새벽 날씨가 제법 차다.

지연　　(차 키 내밀며) 박 선생, 이거.

준수　　아니요, 내 차로 갑시다!

지연　　그래요. 엄마 너무 걱정 말고 계셔요. 입원시키고 전
　　　　화할게.

할머니　그래그래, 조심하고. 우리 아기 금방 나을 끼다!

차고의 승용차 빼서 뒷좌석에 두 모녀 태우는 준수.

#66. 가로등 불빛. 간선도로. 질주하는 승용차 [새벽]

지연　　감기 같아 가까운 소아청소년과 다녔는데, 낫는 듯하
　　　　더니 어젯밤 열이 너무 올라 애가 학학거려요. 은아
　　　　태어난 병원에 가려고요!

주위 한적한 도로를 서서히 속력을 내며 달리는 승용차.
캑캑 기침하며 계속 보채는 아이. 할딱거리는 숨결. 쩔쩔
매는 지연.

지연	은아야, 조금만 참아! 빨리 선생님께 갈 거야! 엄마가 잘못했어. 미안해. 정말 미안해!

아이를 가슴에 보듬어 안고 등을 토닥이다 눕혔다 안았다 어쩔 줄 모르는 지연. 징징대며 보채던 아이 설핏 잠들었다.

지연	미안해요. 새벽이라 누굴 부를 수도 없고, 택시 잡기도 어렵고. 엄마한테 애 맡기고 운전도 못 하겠고….
준수	….
지연	동네병원 다녀 방심했나 봐요. 열이 너무 오르니 정신이 하나도 없어서.
준수	병원 가서 치료하면 낫겠지요.
지연	애가, 애가 나한테 어떤 아이게요! 말 그대로 천신만고 끝에 간신히 붙잡은, 아니 내게로 온 아이예요. 난 애한테 올인했어요. 내 삶까지도….

언제나 씩씩하고 강건하게 보이던 여자였는데 젖은 음성이 떨린다. 서울 시내 가까워지자 출근 차들이 밀리기 시

작. 선잠에서 깬 아이가 목이 쉬어 울지도 못하고 몸부림
치며 보채더니 그만 축 늘어지는 아이.

지연   (찢어지는 듯한 비명) 은아야! 은아야! 은아야!

놀란 준수, 비상 라이트 켜고 밝아오는 시내 간선도로 질
주하는 승용차.

#67. 산부인과 병원. 응급실. 입원실 (아침 / 오전)

곧바로 응급실행. 은아, 높은 열, 탈수증. 목이 많이 붓고
폐렴 증상 의심하는 의사.

지연   폐렴요? (놀라 비틀하는 지연, 붙잡아주는 준수)
준수   은아가! (하필 폐렴 증상? 귀여운 아기가!)

링거 왼팔에 꽂은 은아 돌보느라 정신이 없는 지연. 원무

과 찾아 기다렸다 은아 입원 업무 처리하고 바깥으로 나오니 10시가 넘었다. 세 끼 식사 시간만은 지키려는 발병 이후 그의 원칙. 죽 가게를 찾아 나선 준수. 녹두죽으로 식사. 지연 식사가 맘에 걸려 포장 녹두죽 백 들고 병원으로 돌아오는 준수. 산부인과는 처음. 소아 입원실. 앙증맞은 환자복 입고 팔에 링거 꽂은 채 혼곤히 잠든 은아. 아이나 아이 엄마나 헝클어진 머리. 해쓱해진 얼굴에 겨우 미소 짓는 여자.

지연 얘가 이제 숨결이 좀 편해졌어요. 고열도 내리고요! 입원실 올라오니 안심이에요. 곧 검사실 간다네요.

준수 아! 다행이네요.

'저 아줌마, 오늘 지옥, 천당을 갔다 왔다 하시는군.' 백을 내밀자 들여다보곤 빙그레 웃는 지연.

지연 고마워요. 우리 은아만 나으면 나는 안 먹어도 배부른데. 엄마한테 전화했어요. 새벽부터 오늘 너무 고마워요! 이젠 가서서 좀 쉬셔요. 운전 조심하시고요.

준수   ….

핏기 없는 얼굴로 새근새근 잠든 아이. 다행이다 싶은 준
수. 옆 침대 아이 엄마 시선을 느끼며 병실을 나서는 남
자. 난데없는 병원행에 리듬이 깨져 전신이 찌뿌드드. 입
원 경험으로 매점 찾아 생수, 타월, 종이컵, 치약, 칫솔,
비누, 간식 등 골라 바구니에 담는 준수.

#68. 간선도로. 승용차 안. 비밀 (오전)

운전하는 준수. 뒷자리의 할머니. 은아 입원 병원 가는
길. 반찬통은 분홍 보자기에, 딸 옷가지 넣은 쇼핑백은
옆자리.

할머니   글쎄, 나 혼자선 못 찾아가겠소. 우리 딸은 집에 그냥
있으라 캐도 내가 우째 맴이 편할끼고. 내 눈으로 우
리 알라 얼굴이라도 한번 봐야 걱정 덜하제.

준수 예. 가서 한번 보시면 걱정 덜하실 겁니다.

할머니 나도 그 병원 가봤소. 우리 딸 임신하고 다달이 댕기고, 그 병원서 애 낳고 산후조리도 거기서 하고 왔거든.

준수 예.

할머니 그 병원 원장님은 우리 딸 은인인기라. 우리 은아 주셨으니 우리 딸 소원 풀었제. 지 새끼 하나 얻으려고 얼마나 고생했는데, 지 속 하늘이나 알고 땅이나 알지 누가 다 알아줄꼬! 쯧쯧 불쌍해서!

준수 저기, 은아 아빠는 잘 안 보이던데요?

할머니 으응? 은아 아빠, 은아 아빠라?

소스라치게 놀라는 할머니. 은아 아빠 한 번도 본 적 없기에 그냥 외국에 나가 있는 줄 알고 예사로 물었는데 입 꼭 다물고 불편하게 있던 할머니.

할머니 사실은 우리 은아, 시험관인가 그거 해서 겨우겨우 붙들었지. 고생도 많이 하고, 말 다 못 해. 쯧쯧, 내가 지금 뭔 말 하노? 우리 딸한테 절대로 모른 척하소.

암만!

준수   예. (은아가 시험관 아기?)

할머니   우리 딸은 은아 얻고 사는 게 달라졌구마. 나는 내 자
　　　　　식이 중하고, 지는 지 새끼가 천금보다 중하여 그 좋은
　　　　　직장도 버렸지.

준수   은아 엄마 좋은 직장 다녔나 봐요?

할머니   그쪽은 우리 딸 모르나 보네. 그 왜 테레비에 온갖 물
　　　　　건 파는 데 있잖소. 그기 우리 딸이 물건 팔면 많이
　　　　　팔아 소문났다던데. 은아, 두 돌까지 지가 키운다고
　　　　　나왔지. 나이가 있으니 새끼가 귀하제.

준수   (김지연 씨가 홈쇼핑 쇼 호스트?) 전에는 바빠서 TV 별로
　　　　　못 봤어요.

할머니   우리 은아 지난해, 서른여덟에 첫 생산했으니 장하
　　　　　지! 배는 둥두산같이 부르지. 내가 얼마나 걱정했는
　　　　　지 몰라.

준수   (그럼 지금 39세. 나보다 여섯 살 위.)

지연   엄마, 박 선생한테 억지 부리셨네. 전화로 일일이 알
         려 드리고 있는데도.

할머니 아이구 내 새끼! 얼마나 고생했누? 어디 보자.

은아   (과자 손에 들고) 하미! 하미!

지연   어머머! 참 눈물겨운 조손 상봉이네!

딸 타박엔 아랑곳없이 은아를 덥석 품에 안고 볼을 비비
는 할머니. 병색이 많이 나은 듯 발그레한 복숭아 뺨에
똘똘한 눈망울, 생기가 넘치는 은아. 화장기 없는 얼굴에
조금 지쳐 보이지만 혈색 좋아 보이는 지연. 만나 기뻐하
는 여인 삼 대.

지연   엄마가 졸랐지요? 전에 잠실 살 때는 버스 타고 왔는
         데. 그곳선 너무 멀어 엄두를 못 내세요. 좀 전에 의
         사 회진 있었는데 은아 많이 좋아졌대요.

준수   다행이네요. 은아 이젠 안 아파?

기특하여 고사리손 잡았으나 움찔하며 손을 빼는 은아. 전처럼 울지는 않는다. 엄마 품에 얼굴을 묻고 있다 살그머니 얼굴을 들어 그를 쳐다보다 눈이 마주치자 놀라 얼굴 홱 돌리는 은아. 만남을 기뻐하는 그들을 보며 병실을 나오는 준수.

#70. 병원 복도. 대기실 (오전)

진회색 소파가 ㄴ, ㄴ, ㄱ 자로 놓인 복도 대기실. 소파에 앉아 벽걸이 TV 보는 임산부 한 명. 탁자의 신문 집어 소파에 앉아 신문 뒤적이는 준수. 흰 가운 차림 의사 네댓 명 회진 돌고 엘리베이터로 갔는데, 앞을 막은 느낌에 고개 든 준수. 코앞에 서 있는 흰 가운의 남자.

준수   …?

남자   (소리 낮춰) 박준수지?

준수 누구? 이게 누구야? 정인두! (놀라 벌떡 일어남)

의사 (악수하는 두 사람) 네가 여기 웬일이야? 혹 와이프?

준수 아, 아니야. 일이 있어서 왔어. (자신도 모르게 손을 저으며 강하게 부인하는 준수) 오랜만이네. 미국에서 돌아왔단 말은 바람결에 들은 것 같은데.

의사 바람결에? 그래. 지금 회진 중이야. 다음에 우리 밥 한번 먹자!

준수 그래. 그러지 뭐.

그와 다시 악수하고는 급히 엘리베이터로 가는 정인두. 얼핏 봐도 젊은 의사의 당당함이 풍기는 친구. 큰 키에 체격도 좋고 음악을 사랑하고 기타를 멋지게 치는 고등학교 동창 정인두. 산부인과 개원의인 아버지 뜻을 어기고 음대로 진학하여 화제가 되었던 친구. 더욱이 대학 2학기에 휴학하고 재수하여 다시 의대에 들어간 주인공으로 유명해진 정인두. 미국 유명 메디컬 교환교수로 갔다는 말 들었다. '옛날에 2층 병원이었지. 9층 신축 병원, 아, 그곳이 여기였나?'

'나는, 나는 이게 뭔가. 건강 하나도 지키지 못한 등신!'

고개 푹 떨구는 남자.

우르르 병원 건물 안으로 몰려가는 아이들. 선행.

#71. 병원 옥상. 중국집 (오후) - 과거

정인두를 따라 인두 아버지 병원에 우르르 몰려간 고교 2학년 반 친구들. 아들 친구들 반기면서 옥상에 데려간 병원장 정인두 아버지. 넓은 옥상에 나무와 꽃이 잘 가꾸어진 식물원 구경. 벤치까지 있는 병원 식구들 쉼터. 떠들썩한 삼십여 명 아이들. 다시 우르르 몰려간 중국집.

인두   얘들아, 아버지가 우리 먹고 싶은 중국집 음식 다 시켜 먹으라고 하셨어!

친구   정인두, 지금 다 시키라고 말했지? 술도 되지? 고량주 빼갈 확 시킬까?

휙휙 휘파람, 환호성, 쿵쿵 바닥 굴리는 친구 난리. 7개

원형 식탁에 놓인 푸짐한 요리. 탕수육, 짜장면, 짬뽕, 왕만두, 잡채밥, 돈가스, 각종 음료수 등. 친구들 배 터지게 얻어먹은 날! 병원장 아버지 둔 정인두 모두 부러워한 날.

#72. 자동차 도로. 병원. 은아 병실. 퇴원 (낮)

할머니 우리 은아 내일 퇴원한다네요. 많이 나았다고.

     운동 갔다 대문 들어서는 준수 반기며 하신 말씀.

준수   그래요? 잘되었네요. 퇴원 짐도 있고 하니 제가 내일 병원 가서 은아 데려올게요.

할머니 아이고, 고마버서 이 일을 우짠대요!

     은아 퇴원이 반가워 지연에게 자청하여 간다고 전화. 이튿날 병실. 기력을 되찾아 잠시도 가만있지 않고 설치는 은아. 엄마가 퇴원 수속차 병실을 나가자 보조 의자 준수

에겐 눈길도 안 주고 침대에 얌전히 있는 은아.

옆 아기 엄마 은아 기가 다 죽었네. 엄마 없으니 아주 얌전이가
됐네.

준수 은아야, 이젠 안 아파?

은아 얼굴도 안 들고 고개만 끄떡끄떡하는 은아.

준수 아찌가 은아 손 한번 잡아볼까?

고개 숙인 채 머리 좌우로 살래살래. 또렷한 의사 표현에
웃음 터지는 준수.

준수 요런 깍쟁이! 하하하!

#73. 병원 지하 주차장 [낮]

은아 안은 지연과 퇴원 짐 가방을 든 준수. 엘리베이터로
지하 주차장에 내리는 그들. 그때 외출했다 바쁜 걸음으

로 엘리베이터로 오는 정인두와 마주쳤다.

지연 어머! 박사님. 어디 다녀오시나 봐요. 은아 퇴원합니다!

인두 예. 오늘 퇴원이죠. 우리 아가씨 집에 가니 기분 좋아요?

은아 손 쥐어보며 준수 보고 깜짝 놀라는 인두.

지연 (준수 향해) 은아 주치의 박사님요. 이쪽은 같이 사는 분요.

인두 같이 사는 분?

지연 예. 한집에 살아요.

인두 한집에? 예? 아, 예.

인두에게 모른 척 무심히 대하는 준수. 의아한 표정 감추지 못하는 정인두.
차 출발하면서 깔깔 웃는 지연.

지연 박사님 놀라셨나 봐. 박 선생이 내 애인인 줄 아셨나?

그리고 보니 내가 말을 잘못했네. 한집에 산다고 했으
니. 아유 어쩌누! 기분 나빴어요?

준수   (건성으로) 뭐 별로…. (자식, 설마 내가 은아 엄마와 산다
고는…. 네 멋대로 생각하든지 말든지.)

#74. 카페 바. 실내 내부 전경 (밤)

먼저 와 있는 정인두. 옆자리 빨간색 높은 의자에 앉는
준수. 양복 상의 벗고 체크무늬 셔츠 소매도 걷어 올린
정인두. 아직 빈자리가 보이는 홀. 어울리는 붉은 조명.
실내에 흐르는 감미로운 재즈 음악. 바텐더가 왔다. 황
금색 위스키가 삼분의 일쯤 담긴 크리스털 컵, 얼음 통이
인두 앞에 놓이고 준수 앞에는 얼음을 띄운 붉은빛 칵테
일 글라스가 놓였다. 인두가 집게로 투명한 얼음 세 개
위스키 잔에 집어넣었다.

준수   뭐야? 너는 술 마시고 나는 주스나 마시라고!

인두   너도 그냥 확 양주 마실래? 후후! 친구, 내가 특별 주문한 칵테일이니 마셔봐. 맛 괜찮을 거야. 자 건배 하자!

크리스털 부딪치는 투명한 소리. 컵을 흔들어 천천히 한 모금씩 마시는 인두. 칵테일 마시며 인두 의중을 살피는 준수.

인두   우리 저번에 병원에서 만나고 두 달 넘었지.

준수   바쁜 박사님께서 백수 만나 뭣 하게?

정인두가 왜 자신을 만나자는 것인지, 간곡한 전화에 나오긴 했지만 신경이 쓰이는 준수.

인두   야, 너 연애 하냐? 안 하냐?

준수   나 참, 그것 알려고 만나자 했어? 어이가 없네.

인두   사랑하면 나오는 호르몬 물질이 몸에 좋다니까. 기분도 좋아지고. 몸은 좀 어때? 얘기 들었다.

준수   다들 오지랖도 넓군. 견딜 만해.

인두	병원은 정기적으로 잘 다니지?
준수	우등생 신분이다.
인두	어머니 계셨으면 잘 돌봐주실 텐데….
준수	야, 뚱딴지같은 소릴 하고 있네!

어머니 소리만 들어도 가슴이 저리는 준수. 침묵이 흘렀다.

인두	너, 소아암 센터에 기부하더구나.
준수	역시 마당발이네.
인두	너 지금도 은아네하고 같이 사냐?
준수	뭐? 생뚱맞게 뭔 소리야?
인두	그때 지하 주차장에서. 좀 궁금했거든.
준수	그래서?
인두	부부인 줄 알았다면, 후후. 아니, 무슨 사이인지 몰라서.
준수	사이는 무슨? 너 오해하는 건 아니지?
인두	오해라, 글쎄? 너 수술하고 치료 잘 받고 있지?
준수	넌 내 주치의도 아니면서 별걸 다 알려고 그래. 초기

라 표적 치료받고 있어.

인두 혼자서 힘들었지! 박준수, 이건 단거리 경주가 아니고 장거리 마라톤 경주야. 박준수, 넌 이겨낼 수 있어. 힘내!

두 번째 위스키 잔, 조금씩 마시며 지난 얘기 하는 인두. 편치 않은 얼굴로 천천히 칵테일 마시는 준수. '왜 불렀어?'

#75. 한정식집. 방 [저녁]

다시 만나자는 정인두 전화. 고개 갸웃하는 준수. 찜찜한 기분. '자식이 대체 무슨 말을 하려고?' 고급 한정식. 독방으로 안내. 금방 왔다며 양복 상의 벗는 정인두.

준수 닥터가 얼굴이 너무 좋은데, 게으름 피우는 것 아냐?

인두 귀신이네. 그대도 얼굴 너무 좋아. 이젠 일 좀 하시지.

준수 나는 원장 아버지도 없고, 받아주는 곳도 없고….

인두	그 유명한 전설의 PB께서 가실 데가 없다니, 재미 본 고객이 줄 서 있다던데. 참, 너 내 재무 좀 맡아주라.
준수	어쩌나, 난 웬만한 자금은 취급 안 하는데.
인두	너 정말 이러기야?
준수	그러니까 바로 말해. 나한테 할 말 있지?
인두	….
준수	저번에도 그랬고, 암튼 하기 어려운 말이지. 왜, 내가 얼마 못 살고 죽는다던?
인두	무슨 그런 소리를. 그쪽은 잘 몰라. 우선 저녁이나 먹자. 배고프거든.
준수	(이 자식이 정말….)

불편한 그의 시선은 아랑곳없이 시장했는지 맛있게 식사하는 정인두. 이 자식하고 엉킨 일도 없는데. 의사들끼리 연줄이 되어 인두가 알게 된 자신의 병, '혹시 내가 시한부인가?'

| 인두 | 준수야, 식사해. 숯불구이 밀어 맛있어. |

상호 마크가 찍힌 하얀 사기그릇에 정갈한 요리들이 코스로 들어왔으나 왠지 입맛이 없는 준수. 검정 깨죽, 전복죽 먹는 준수. 후식으로 나온 수정과를 마시던 인두가 무겁게 입을 열었다.

인두 옛날에 우리 나인 그룹이 우리 아버지 병원에 몰려간 적 있었지?

준수 아니, 케케묵은 옛날 일은 왜?

말하는 사람도 듣는 사람도 굳어지는 얼굴.

인두 그때 우리 정말 뭣도 모르고 기증했잖아, 정자!

준수 (머리를 한 대 쾅 얻어맞은 기분) 뭐, 뭐라고?

까맣게 잊고 있던 옛날 일. 고교 2학년 초여름 나인 멤버 한 명 빠지고 8명이 인두 아버지 병원에 몰려가, 담당 의사 설명은 귓등으로 듣고 정자 기증. 막연히 좋은 일인 줄 생각. 물론 인두도 똑같이 했다. 친구 한 명은 정액 채취가 안 되어 야동까지 봤다고. 난생처음으로 수치스럽고 난감했던 기분. 그리고 친구들은 인두 아버지가 준 봉투로 영월 래프팅 2박 3일 신나는 캠핑으로 그 찜찜했던 기억을 날려 보냈다.

준수 야, 인제 와서 왜? 뭔 말 하려고?

인두 돌아가신 아버지의 평생소원이 정자은행 설립이었어. 냉동 정자 복원! 아버지의 꿈이었지. 앞으로 무서운 재앙적 지구 환경 탓으로 무정자 인구가 늘어나 인구가 자연 감소하고, 경제적, 상대적 빈곤으로 젊은 세대에선 비혼이 늘고, 자녀 출산을 기피하게 된다고 하셨지. 미래 세대를 위해 인구 감소를 막고, 종족 보존을 위해 남성 여성 젊고 건강할 때 정자와 난자 보존하는 시대가 도래한다고 하셨지. 그러나 그건 아버지의 꿈이었고 난 원칙적으로 찬성하지 않았어.

준수 뭐? 정자, 난자 보존?

인두 한 여자가 있었어. 사랑으로 맺어진 부부인데 애가 없는 거야. 7년이 지나도록. 결국 합의 이혼하였지. 여자는 외로움에 다시 사랑을 했지. 그러나 남자는 여자 경제적 능력만 의지하는 마마보이. 여자는 남자를 포기하고 시험관 아기에 매달렸어. 그녀는 꿈속에서 매번 남의 아기를 훔치다 들켜 아기를 뺏기는 악몽을 꾸었지. 그녀는 온전한 자기 아이를 원했어. 아빠 몫까지 다 하겠다고. 그러나 몇 번이나 실패하는 아픔을 겪었지. 그녀의 마지막 시험관 시술. 내가 귀국 후 거둔 꿈같은 성공이었어. 그것도 냉동 정자로. 자궁에 태아가 성공적으로 착상되고부터 그녀는….

준수 (점점 창백하게 굳어지는 얼굴) 그만! 그런 얘기를 왜 내게 하는데? 이상하잖아?

인두 ….

준수 정말 이상해! 야, 정인두, 너 지금 무슨 개소리 하고 있어?

인두 흥분하지 말고 내 말 들어봐!

준수 이 자식아! 내가 지금 흥분 안 하게 생겼냐?

그의 목소리가 얼마나 높았던지 문이 열리고 직원이 얼굴을 내밀자 손을 들어 내보내는 인두.
후다닥 인두에게 달려드는 준수. 그 서슬에 상 위 음식 그릇 뒤집히고 깨지는 소리. 인두의 멱살을 움켜쥔 준수.

준수	이 새끼야! 뭔 개소리 지껄이고 있어?
인두	나가자. 일단 여기서 나가자!
준수	가긴 어딜 가! 너 의도가 뭐야? 당장 죽여버린다. 말해?

전신을 부르르 떠는 준수. 흙탕물, 아니 똥물을 뒤집어쓴 기분이다. 재빠르게 문 열고 나가버리는 정인두. 벗어둔 상의 휙 거머쥐고 허둥지둥 인두를 쫓는 준수. 인두 뒷덜미 잡아끌어 자신의 차에 확 밀어 넣고 재빨리 차 문 잠그고 시동 걸어 달리기 시작.

#76. 밤길. 인적 없는 한강공원 (밤)

흥분한 마음을 억누르며 운전하는 준수. 눈을 감고 꼼짝하지 않는 뒷자리 정인두. 어둠이 깔린 인적 없는 한강공원 외진 곳, 으스름한 가로등.
피가 머리끝까지 솟구친 준수.

준수 인마, 나한테 장난치는 거지. 도대체 너 저의가 뭐냐? 말이 되는 소릴 해야 알아듣지?

인두 내가 죽어도 함구해야 할 환자의 비밀이지. 그런데 준수야, 그때 내가 너희 안 봤어야 했어. 많이 고민했어. 운명이라고.

준수 너희? 운명! 그게 어쨌는데? 아래위층 사니 퇴원 도와줬을 뿐인데. 너, 내가 다 죽어가는 줄 알지? 나 아직 안 죽었어. 개새끼, 너 먼저 죽여줄게!

인두의 정강이를 모질게 걷어차는 준수. 신음하며 주저앉는 인두. 멱살을 잡아 일으켜 다시 주먹을 날리는데 그의 팔을 꽉 붙잡는 인두. 등 뒤에서 그의 사나운 버둥거림이 잦아질 때까지 끌어안고 놓지 않는 인두.

준수 놔! 놓으란 말야! 넌 친구도 의사도 아니야. 개새끼야!

인두 그래. 미안해! 정말 미안해! 나, 히포크라테스 선서도, 의무도 윤리도 다 버렸어!

준수 미안해? 사람 가지고 놀아도 정도가 있지. 정말 너 죽이고 싶어!

인두	박준수, 오늘은 이만하자. 힘 너무 빼지 마. 내가 담에 실컷 맞아줄게.
준수	개자식아, 이대로는 못 가! 친구? 차라리 개새끼하고 놀지. 평생 시험관이나 해서 잘 처먹고 잘살아라! 쓰레기새끼! 개새끼!

성큼성큼 어둠 속으로 사라지는 인두를 향해 고래고래 욕설하다 그대로 뻗는 준수. 달도 별도 없는 컴컴한 밤하늘이 미친 듯 빙글빙글 돌고 있다.

준수	그래 돌아라, 돌아! 아주 미쳐버리게 확 돌아버려라!

#77. 집 마당. 외출. 카페 (저녁)

해거름 때 청바지에 다저스 야구모자 푹 눌러쓰고 현관을 나서는 준수. 무심히 터벅터벅 계단 내려가다 우뚝 멈추는 걸음. 지연이 은아 유모차에 태워 마당을 돌고 있다. 너무 놀라 도로 올라갈 뻔했다. 깜짝 놀라는 지연. 노을빛에 불그레 물든 여자 얼굴이 아름답다.

지연 어머, 아팠어요? 얼굴이 영…?

준수 예. 그냥 조금….

고개 숙이고 유모차를 외면한 채 바쁜 듯 대문을 나서는 준수. 저번 은아 입원 후 무척 친절해진 지연. 간간이 반찬도 올리고 추어탕 같은 별미도 작은 냄비에 담아 올린다. 할머니가 청도에서 가져온 싱싱한 상추나 깻잎도 현관문에 걸어두었다. 의식적으로 김지연을 피하는 준수. 요즘은 테라스에도 나가지 않는 준수.
처음 만난 술집에 먼저 와 기다리고 있는 정인두. 서로 얼굴을 외면했다.

인두 힘들었지? 네게 더는 혼란을 줘선 안 된다고 생각했어.

준수 뭐라고, 혼란? 나 참! 이젠 말까지 번들번들하네.

인두 네게 끈이 필요하다고 생각했어. 아주 질긴 끈 말이야. 미안하다! 용서하지 마라!

준수 용서? 그 입에서 감히 용서라는 말이 나오냐?

인두 그래, 용서하지 마. 그 여자는 아무것도 몰라. 정말이
다. 그것만은 꼭 지킬게.

준수 네가 인간이냐? 뭘 지켜? 내가 한번 속지 또 속아?

다시금 분노의 불길이 타올라 자리를 박차고 나오는 준수.

#78. 준수 집. 거실 (밤)

인두가 따라 나와 기어이 손에 쥐여준 서류 봉투의 속지
꺼내는 준수. 유전자 검사확인서.
모(母) 김지연, 부(父) 박준수, 자(子) 김은아. 99.999%.
친자 확인 검사일이 두 달 전, 은아 병원 퇴원 후다. 부들
부들 떨리는 손에서 거실 바닥으로 툭 떨어지는 서류.
돌처럼 굳어지는 얼굴. 말도 안 돼! 어떻게 이런 일이! 뒤
통수를 맞아도 정도가 있지. 이건 아니야. 까맣게 잊고

있었는데 정말 상종 못 할 인간! 목에 칼이 들어와도 지켜야 할 환자의 비밀 아닌가.

준수　부모님 교통사고, 그 캄캄한 터널을 겨우 지나왔는데, 재수없이 걸린 폐암도 꼼짝없이 당하고 있는데. 이젠 인두 저 자식까지 덤비고 있잖아. 내 인생은 도대체 누구의 장난질에 놀아나는 것일까? 대학 입학, 그때는 찬란한 청운의 꿈도 있었지. 운명의 여신은 왜 나를 미치게 할까? 당하고만 사는 내 인생인가? 아! 될 대로 되라지!

케세라세라! 케세라세라! 케세라세라! 케세라세라!
케세라세라! 케세라세라! 케세라세라! 케세라세라!

#79. 준수 집. 거실. 방 [밤] - 회상

커튼 내리고 실내 불빛 하나 없는 방. 침대에 드러누운 준수. 은아 처음 만나던 날이 떠오른다. '첫 만남이었지. 산에 갔다 오는데 사진 찍어달랬지. 그때 보았지. 인형 같던 아기, 세상에서 제일 작은 아기를! 밤마다 잠 못 자게 울던 아기, 층간 소음에 불면의 밤을 보냈지.' 제일 뚜렷한 기억은 새벽길 병원 갈 때. 축 늘어진 아이 모습과 링거를 달고 혼곤히 잠들어 있던 모습이 떠올라 손으로 얼굴을 가리는 준수.

'아, 이대로 밤, 밤만 계속되어라!'

#80. 지연 집. 거실 주방. 싱크대 (오전 /오후)

밤새워 내내 뒤척이다 한나절에야 일어난 준수. 인터폰 소리에 놀라 한참 머뭇대다 현관문 여는 준수. 아, 은아 엄마다.

지연   어머나! 박 선생, 어디 많이 아팠어요? 얼굴이…?
준수   아, 네. 몸이 조금 안 좋아서….

지연 미안해요. 그럼 쉬세요.

두 눈 동그랗게 뜨며 정말 미안한 기색으로 돌아서는 지연.

준수 어떻게 오셨어요?

지연 저기, 싱크대 수돗물이 고장인지 찔찔 나와 위층에는 잘 나오나 물어보려고. 괜찮아요. 설비 가게 아저씨 내일 시간 있댔어요.

준수 2층은 괜찮은데, 내가 고칠지 모르지만 한번 볼게요. 곧 내려갈게요.

지연 미안해서 어쩌지요? 아픈 사람한테.

준수 (앗! 이건 아니지. 그냥 모른다고 하면 될 것을.)

지연 내려가고 얼떨결에 내뱉은 말이 후회스러워 자기 머리 쿵쿵 때리는 준수. 부모님 가시고 혼자 살면서 아파트 자잘한 고장은 직접 손보면서 살았다. 이사 온 후에는 새집이라 사용 않던 공구 세트 찾아들고 내려가는 준수.

준수   애를 어떻게 봐? 내가 왜 이래. 무얼 어쨌다고.

활짝 열려 있는 현관문. 처음 가보는 은아네. 넓은 거실. 갈색 가죽 소파가 놓였고 벽면 장식장. 그리고 확대한 은아 사진, 첫돌 사진 걸린 벽. 대형 TV. 그리고 작은 금붕어 수족관. 현관의 유모차, 거실에 그네, 보행기 등 어질러진 장난감들. 그리고 마침내 보았다. 2층 오르는 나선형 실내 계단을. '2층 문 막았겠지. 그래서 아기 울음이 가까이 들렸나 보다.'

지연   좀 앉으세요. 인삼차예요.
준수   아, 예.

그때다. 안방에서 엉금엉금 기어 나오는 은아. 손으로 눈을 비비며 나오다 그를 보곤 기겁하는 아이. 엄마에게 달라붙어 울기 시작. 미안해 어쩔 줄 모르는 지연.

지연   은아야, 잠 깨봐! 아찌야, 아찌?

우는 아이 외면하고 얼른 일어나는 준수. 찻잔에 손도 안 대고 공구 세트 들고 주방으로 향하는 준수. 은아 안고 부득부득 따라오는 지연.

지연 박 선생, 언제 우리 집에서 식사 한번 해요. 저번 병원 일 너무 감사해서요.

준수 아, 아니요. 별일 아닌데요.

싱크대 수도 틀어 확인하며 공구 꺼내는 자신의 손 떨림이 지연에게 보일까 몸으로 가리는 준수. 대문 옆 수도 계량기 잠그고 호흡을 가다듬는 준수. 싱크대 느슨한 수도 밸브 조이고 재빨리 2층 올라와 보니 공구 한 개 두고 왔다.

준수 냅둬! 난 몰라. 그들과 난 그냥 타인일 뿐이야.

바깥에 나갔다 들어오던 준수. 건조대 빨래 걷어 팔에 걸친 지연과 마주쳤다. 반갑게 인사하는 지연.

지연 박 선생님 잠깐만요. 저번 놓고 간 공구 가져올게요.

준수   …?

재빨리 집에 들어갔다 나온 지연 손에 아담한 유리병과
놓고 온 공구 한 개 들려 있다.

지연   이거, 모과차요. 내가 만든 모과차인데 맛이 좋아요.

거절할 새 없이 준수 손에 모과차 병, 공구 얹어주는 지
연. 당황한 얼굴로 계단 뛰어오르는 준수.

준수   이렇게 불편해서야 어떻게 한집에 살아?

모과차 병, 냉장고 구석으로 밀어 넣어버리는 준수.

#81. 집 앞 (낮)

대문에서 두 다리를 뻗치고 울고 있는 은아. 청바지 남자

가 달랬으나 더 크게 우는 아이. 남자가 안아 일으키려 하자 몸 비틀며 손까지 떼어냈다. 내던져진 과자 봉지. 청바지 일어서며 아이 머리에 꿀밤 한 대. 또 한 대.

남자   어휴, 이 고집쟁이! 누굴 닮아 이럴까?

살짝 준 꿀밤에 더 크게 우는 아이. 매봉산 갔다 오다 목격한 장면. 두어 번 본 적 있는 청바지. '자식이 애한테 꿀밤은 왜 먹여?' 남자를 비켜 집으로 들어오다 검정 투 피스 정장에 손에 자동차 키 들고 나서는 지연과 마주쳤 다. 다이어트를 하는지 살이 좀 빠진 지연.

준수   저, 저기 청바지 남자, 은아 별로 사랑하지 않아요.

급하게 말하느라 말까지 더듬는 준수.

지연   (둥그레진 눈) 박 선생…?

계단을 뛰어오르는 등 뒤로 따라오는 따가운 시선.

'남이야 꿀밤을 주든 과자를 주든 뭔 간섭? 한심하게.'

#82. 장난감 가게. 잔디 마당. 지연 집 거실 (오후)

상가 장난감 가게 앞에서 자신도 모르게 멈추는 발길.
자석에 이끌리듯 가게 안으로 들어가는 준수. 보기 좋게
잘 진열된 장난감들 너무 많아 어리둥절한 준수. 손자 손
녀 데리고 장난감 고르는 노부부 모습이 보기 좋았다. 별
별 장난감. 인형, 소꿉, 자동차 등 돌아보고 빈손으로 나
오는 준수. 며칠 뒤 다시 그 앞을 지나다 발걸음 멈추는
데, '어서 오세요!' 하는 종업원 인사에 가게로 들어가는
준수. 장난감이 너무 많아 한참을 망설이다 겨우 고른
부드러운 털 촉감이 좋은 새끼 판다와 유아용 노란색 실
로폰.

준수   (지금 뭐 하는 거야? 사? 말아? 뭐라고 하며 주지?)

마침 마당에서 유모차 밀고 있는 지연에게 시침 떼고 쇼핑백 내밀자 깜짝 놀라는 지연.

준수   지인이 줬어요. 장난감. 달리 줄 데가 없어서.

지연   박 선생…?

재빨리 계단 오르는 남자 바라보는 지연.

지연   (거실에 널린 게 장난감인데, 난데없이 뭔 장난감? 은아 아기 때 많이 울어 불편한 심기도 비친 사람이. 며칠 전, 맘먹고 준비한 점심 식사 초대. 기다려도 내려오지 않아 자신이 올라가 권유해서 겨우 내려온 남자. 이상하게 좌불안석이더니, 요리 간단히 들고 금방 가버린 남자. 은아도 본체만체했지. 커피 타임 기대했는데.)

이튿날, 아침 운동하고 오는 남자를 기다리는 지연. 무심히 대문 들어서다 주춤 놀라는 남자.

지연   박 선생, 장난감 고마워요. 그러나 더는 사양하겠어요.

준수　　　….

은아가 새끼 판다 끌어안고 실로폰 좋아하니 망정이지.
사람이 매너가 없어. 고개 숙이고 천천히 계단 올라가는
남자 보며 은근히 승자의 쾌감에 젖는 지연.

지연　　　김지연, 넌 엄마야! 정신 똑바로 차렷! 육아가 얼마나
어려운지 혼쭐났잖아. 워킹맘들 정말 대단해! 시골집,
새끼 낳은 순둥이 어미 개, 밥 주러 가면 으르렁거렸
지. 새끼들 일일이 핥아주며 젖 물리는 어미 개. 새끼
낳으면 앙칼지게 돌변하던 어미 고양이. 야옹! 야옹!
날카로운 발톱 바짝 세웠지. 수탉에게 쫓겨 모이도
못 먹던 비실이가 노란 병아리 데리고 다니다 수탉이
근처만 와도 날갯죽지 쫙 펴고 구구구 달려들어 발톱
으로 할퀴고 주둥이로 쪼았어. 짐승들도 어미들은 용
감했어!

#83. 지연 집. 거실 (낮) - 과거

두 번째 이혼, 미련 없이 헤어졌다. 내성이 생겼는지 아니면 첫 남편보다 사랑이 얕았는지 충격이 덜했다. 유명 산부인과 병원 특진 진료 신청.

지연   아! 내 몸은 정상적인 부부관계로는 아기를 가질 수 없는 몸. 생리를 치르는 여자인 내 몸이 아기를 거부하는 몸일 줄이야! 자식을 품을 수 없는 몸!

눈물이 자꾸 났다. 망설임과 고뇌 끝에 시작한 시험관 시술. 실패, 또 실패. 실패를 거듭할수록 자식에 대한 염원을 버릴 수 없었다. 입양을 염두에 두고 편안한 마음으로 들어간 마지막 시험관 시술. 어느 날 꿈같이 내게로 온 아이! 지상의 모든 신에게 감사! '처음에는 별별 신경을 다 썼지. 병원에서 또래 아기들과 몸무게, 키 비교하고 성장이 늦으면 안달이 났었지. 걸음마가 돌 지나도 늦어 애를 태웠지.'

할머니　애들은 올배기도 있고 늦되는 아이도 있느니라. 옛날 우리 마실에 다섯 살 되도록 말을 못 하던 아이가 나중에 변호사 되더라. 애들은 그저 잘 먹고 잘 싸고 잘 놀면 고맙지. 동이의 콩나물 길이가 똑같냐? 손가락 길이도 길고 짧은데.

#84. 집 마당. 옛날 자장가 (낮)

오늘도 은아 업고 잔디 마당 돌고 있는 할머니. 지연은 은아 앞으로 업었고, 할머니는 등에 업고 포대기를 둘렀다. 손녀가 잠투정하면 불러주는 자장가. 할머니 등짝에 딱 붙어서 노랫소리 끊기면 아이는 몸을 흔들었다.

은아　하미, 하미, 노래!

할머니　자장자장 우리 아기 자장자장 우리 아기. 멍멍개야 짖지 마라 꼬꼬닭아 울지 마라. 우리 은아 잘도 잔다 우리 은아 잘도 잔다. 새야 새야 파랑새야 녹두밭에 앉지 마라. 녹두꽃이 떨어지면 청포 장수 울고 간다.

지연 엄마, 그거 옛날 우리한테 주야장천 불러준 자장가 잖아.

할머니 자장가가 자장가지 자장가가 바뀌냐?

#85. 준수 집. 서재 (밤)

인터넷 서핑하다 무심코 받은 낯선 번호 전화. "선배!" 화 들짝 놀라 마우스 던지는 준수.

정서 선배, 저예요. 정서! 오랜만이죠?

준수 …?

정서 저 귀국했어요.

준수 너…?

정서 선배, 만나고 싶어요! 너무 보고 싶어요!

준수 (제주에 한 달 있다 온 사람처럼 말하네. 나쁜 계집애!)

정서에 관해 별별 소문이 들렸다. 특히 배기호 관련 소문은 그를 배신감과 분노에 떨게 했다. 교포 식당 아르바이트. 나이 많은 교포와 동거한다는 소문 등. 석 달 동안 귀를 막아도 건너 건너 들려온 소문들.

#86. 신도시 카페 (오후)

원색의 꽃무늬 원피스 입은 정서. 목덜미까지 오는 찰랑찰랑한 갈색 머리. 장미꽃처럼 화사한 여자는 전과 달리 표정이 환하고 명랑하다. 가지런한 흰 치아를 드러내고 웃는 여자, 속눈썹이 길고 더 세련되고 아름다운 정서.

정서 선배, 너무 반가워요! 건강관리 잘하셨나 봐요. 좋아 보여요.

준수 그래. 나는 모르겠는데….

그로선 왠지 낯선 사람처럼 느껴지는 정서.

정서   암은 오 년이 고비라니까 올 내년만 잘 넘기세요.

준수   (꼭 그 말부터 해야 하니?) 언제 돌아온 거야?

정서   좀 되었어요. 이리저리 바빠서요. 여기 명함요.

준수   언제…. 빠르군.

재정설계전문 자산관리전문 변액보험종신연금

D생명 상담 FC, 윤정서.

정서   선배는 안 되고 친구분들 소개해주세요. 결혼해서 첫
아기 낳은 부부요. 아기들 보험은 정말 유익하고 좋은
상품 많아요. 사람들이 몰라서 못 들거든요.

준수   언제 그렇게 마스터했어?

정서   아유, 말도 마세요. 팔자에 없는 보험 공부하고 시험
까지 치르느라 곤욕 치렀어요.

준수   (회사에 그냥 다니지 왜 나왔어?) 미국 얘기는 안 하는군.

정서   너도 나도 눈뜨면 다 갔다 오는 미국인데 나까지 거
들 게 있나요?

아이라인 선명한 눈 깜빡이며 아메리카노 마시던 정서,

대뜸 말한다.

정서   선배, 선배 집 아래층 아기 아직 살고 있어요?

준수   아기? 은아, 그건 왜 물어?

정서   고만한 꼬맹이가 보험 들기 딱 좋거든요.

준수   뭐! 그애에게 보험을? (점점 뻔뻔해지는군.)

정서   선배는 잘 몰라요. 조만간 한번 찾아갈게요.

가방에서 카탈로그 팜플렛, 명함 잔뜩 건네는 정서. 이맛
살 찌푸리는 준수.
'정서 너, 최소한 사과부터 해야 하지 않니?'

#87. 준수 집. 거실 / 주방 (낮)

며칠 후, 정말 집으로 찾아온 정서. 감색 원피스 차림 정
서는 더 날씬하다. 은아네 먼저 방문하여 마음이 불편한
남자.

지연 씨 어디 만만한 사람인가. 알아서 잘하겠지.

두 시간도 지나 2층에 온 정서. 그의 불편한 기색은 아랑

곳없이 보험 한 건 올렸다고 좋아하는 여자.

정서 은아 아빠 같이 안 살아요? 사진에 애 아빠 없어서.

준수 이혼했다던가 나도 잘 몰라. (아차, 안 해도 될 말을!)

정서 그 여자 이혼녀예요? 그리 안 보이더니.

준수 그럼 이혼녀는 이마빡에 이혼했다고 표시하고 다녀?

정서 어머머! 왜 그렇게 예민하게? 미국선 이혼 별것 아니

에요. 내 말은 그 여자 성격이 좋아서 이혼 같은 거

안 할 사람으로 보인다 이 말인데. 본디 그런 사람이

애를 더 끔찍이 사랑하죠. 애한테 미안해서 아빠 대

신 보상심리랄까. 이런 걸 선배가 어떻게 알겠어요?

어머나! 거실을 애 사진으로 도배를 했네! 애 사진 왜

이리 많아요?

준수 (말도 많아지고 변했네.) 사진 찍는 게 요즘 내 취미야.

정서 그래도 그렇지, 좀 심한데. 선배, 설마 애 엄마 맘에

있는 것 아니죠?

준수 (싸늘하게) 너 무슨 말이 하고 싶어서 그래?

정서 아니 그만한 일에 성질까지? 이상하네. 아까 보험 서
류 작성하다 보니 그 여자 선배보다 한참 연상이던
데. 이혼녀 노련한 유혹 조심하세요!

말없이 정서 노려보는 준수. 한마디 말도 없이 배신하고
떠날 때는 언제인데.

준수 부모님 정서가 돌아와 엄청 기뻐하시지?

정서 (순간 안색이 싹 변하는 정서) 노인들 얘기는 하기도 싫
어요.

준수 지난가을 우연히 아버지 한 번 만났는데.

정서 뭐라고요? 노인네 구질구질한 넋두리 안 하던가요?

준수 (정색하고) 하나만 물어보자. 배기호와 헤어졌어?

정서, 깜짝 놀란 듯 도리질. 뻔뻔하기 짝이 없는 얼굴.

정서 헤어지다뇨? 같이 산 적도 없는데 헤어져요? 우린 애
초에 기생충 같은 공생 관계였어요. 그는 LA 한인촌
게스트하우스까지 날 데려다주기로 약속했죠. 나는

해외 첫길이 두려워 그에게 부탁했고, 그 자식은 내
룸 걸프렌드 17세 남미 출신 미인 애 교묘하게 유혹
하여 내 목숨줄, 달러 다 빨아먹었죠. 음흉한 인간!
씨발 개새끼!

정서의 거침없는 욕설과 기호 얘기에 흠칫 놀라는 준수.

준수 뭐, 뭐라고? 기호가…?

정서 그 더러운 개새끼 말은 입에 올리기도 싫어요! 커피는
은아네서 마셨고. 선배, 향기 좋은 모과차 마시고 싶
은데요.

준수 (싸늘하게) 모과차 없어. 나 약속 있어 지금 나가야 해.

정서 아니, 지금요…?

#88. 지연 집. 거실 [저녁]

난데없이 보험 서류 가방 들고 찾아온 박 선생 애인 여자.

지연	아가씨 미국 갔다 하던데, 언제 돌아왔어요?
정서	선배하고 제 얘기도 하나 보죠. 미국서 온 지 얼마 안 됐어요. 놀고 있으니 가까운 지인이 지점장인데 도와 달라 하여 해보니 재미있네요.

은아 실손보험까지 이미 가입한 지연. 박 선생 봐서 상해 보험 하나 들었다. 그리고 정말 궁금했지만, 본인에게 차마 물을 수 없었던 말을 지나가는 말처럼 물었다.

지연	박 선생은 아가씨에게 보험 많이 들었겠네요?
정서	선배는 저한테 들어주고 싶어도 못 들어요.
지연	아니, 왜요? 다른 데 보험 많이 들었어요?
정서	어머, 몰랐어요? 선배, 폐암 환자잖아요.
지연	뭐, 뭐라고요? 폐암 환자! 정말이에요?
정서	폐암 초기요. 수술하고, 잘 다니던 회사도 쉬고 있잖아요.

그녀는 대수롭잖게 술술 말했지만, 너무 충격받고 놀란 지연. 어딘가 건강이 안 좋다고 짐작은 했지만 설마

암, 폐암일 줄이야! 창백한 안색도, 그럼 항암치료 중이었나?

지연　　그 사람 어떡해? 너무 젊은데. 정말 어떡해?

아가씨가 던지고 간 말 한마디가 찰거머리처럼 가슴에 달라붙었다. 아! 어떡해? 귓전을 맴도는 그 말 한마디!
"몰랐어요? 선배, 폐암 환자잖아요."
"몰랐어요? 선배, 폐암 환자잖아요."
"몰랐어요? 선배, 폐암 환자잖아요."

#89. 대문 앞. 노란 어린이집 통학차. 베란다 풍경 (아침)

은아 두 돌 지나고 지연 회사 출근. 아침 9시 25분. 할머니 손 잡고 대문 앞에 서 있는 은아. 자주색 조끼에 자주색 모자 쓰고 어린이집 로고와 전화번호 찍힌 노란색 가방 메고 폴짝폴짝 뛰며 기다리는 은아. 노란색 어린이집 승합차 도착. 선생님께 배꼽 인사하는 은아. 선생님 도움으로 차에 오른다. 남자애, 여자애, 은아까지 5명이 탑승. 일찍 아침 매봉산 갔다 와 9시 반, 노란 차가 멀어질 때까지 테라스에서 바라보는 남자.

#90. 2층 테라스 (저녁)

지연   내일, 은아 등하원 부탁하면 안 될까요? 할머니 청도 가셨고 도우미 아주머니, 일이 있어 못 온대요.

엊저녁 지연 부탁에 쾌히 승낙한 준수. 은아 어린이집 다니고부터 낯가림 없어져 준수와 잘 지내는 사이로 발전.

준수   은아 예쁜 짓, 윙크!

은아   (두 팔 올려 하트) 아찌도 윙크! 아찌, 이거 읽어주어!

하루가 다르게 자라는 은아 모습 곧잘 사진에 담는 준수.

휴대폰 앨범에 담고 동영상 저장. 김지연 없을 때 사진 많이 찍음. 오후 4시. 은아 어린이집 갔다 오면 2층 테라스 의자에 나란히 앉아 동화책 읽어주는 남자. 호랑이 울음, 사자 흉내 내어 낭독하면 아이는 무섭다고 그의 가슴을 파고들었다. 그림책 바꿔가며 읽어달라는 은아. 샛별 같은 두 눈 동그랗게 뜨고 두 귀 쫑긋 세우고 입 다물고 열심히 듣다 그의 무릎을 베고 스르르 잠든 아이를 보노라면 보호해주고 싶은 본능에 부르르 몸을 떨며 가슴 저리는 남자.

#91. 놀이공원. 동물원 (낮)

은아가 달린다. 엄마 손도 뿌리치고 뒤뚱뒤뚱 달려 아이 넘어질까 뒤따르는 준수. 햇살이 포근하고 따사로운 봄날. 맑고 푸른 하늘. 사람들로 붐비는 놀이공원.

지연	쟤가 정말 잘 가네. 내가 힘들어!
준수	은아야! 은아야!

힐끗 돌아보고 까르르 웃으며 두 팔 내저으며 달리는 은아. 노란색 세일러복이 나풀나풀 춤춘다. 분홍 리본의 토끼 핀, 분홍색 운동화, 반짝이 타이즈, 한 뼘 치마. 팽개친 모자는 지연이 들었다. 은아 어깨에 달랑달랑 매달린 핑크 미니 백. 주황색 배낭에 청바지, 청재킷, 선글라스. 바람에 머리카락 날리는 지연. 청바지에 체크무늬 셔츠, 카키색 점퍼 준수.

지연　은아, 혼자 갈 거야? 엄마는 아찌하고 사슴 보러 간다.

김지연, 그를 끌어 옆길로 빠지자 은아 돌아보곤 뒤뚱뒤뚱 달려오다 넘어져 으앙! 달려가 아이 일으키는 준수.

준수　애 넘어지게 왜 그래요?
지연　자꾸 저 맘대로 가잖아요.

은아를 향해 눈 흘기는 지연. 사슴 가족 앞에서 은아 목마 태우는 준수. 귀여운 새끼 사슴 발견하고 손뼉 치는 아이. 엊그제 밖에서 들어오는 그를 보고 지연이 말했다.

지연	내일 은아 자연학습 겸 놀이공원 갈까 봐요. 시간 되면 같이 가보실래요?

지연 내일 은아 자연학습 겸 놀이공원 갈까 봐요. 시간 되면 같이 가보실래요?

준수 놀이공원요? 그러죠.

즐거워하는 은아를 보니 잘 왔다는 생각. 휴일이라 밀리는 사람들 사이로 공작새, 칠면조, 카나리아, 앵무새 등 구경하다 다리 아프다고 떼쓰는 은아.

#92. 놀이공원. 잃어버린 아이 (낮)

준수 (지연을 향해) 여기 벤치에서 쉬어요. 마실 것 사 올게요.

매점에서 아이스콘, 딸기우유, 테이크아웃 커피 2잔 사들고 오는 준수. 벤치에 그들이 없다.

준수 어, 어디 갔지? 화장실 갔나?

벤치에 앉아 따끈한 커피 마시는 준수. 이때, 헐레벌떡 혼자 뛰어오는 지연.

지연 크… 큰일 났어요! 은아가 없어졌어요!

준수 은아가 없어지다니, 그게 무슨 말이요?

지연 아까 옆 사람과 잠시 얘기하는 사이, 애가 안 보여요! 어떡해! 나 어떡해요?

마시던 커피 내던지고 벌떡 일어서는 준수.

준수 대체 애는 안 보고 무슨 얘기를? 애가 여기 주위에 있겠지요!

지연 그러게요. 내가 완전 미쳤나 봐!

헐레벌떡 사람들 사이사이로 쫓아다니는 두 사람. 동물 우리 여기저기 찾아다님.

지연 애가 그새 어디 갔을까? 정말 귀신 곡하겠네!

준수 (잔뜩 화난 얼굴) 방송실 찾아 미아 신고부터 합시다!

#93. 놀이공원. 미아신고소 (낮)

빨리 걷다 걸음 헛디디는 준수. 얼굴이 굳고 몸까지 휘청하는 지연.

여직원 놀이공원 오시면 아기 이름표 필수입니다. 아빠 엄마가 그 정도 준비도 안 하고서. 이름, 입은 옷 색깔, 키, 아기 특징 등 여기 다 적으세요.

지연 (땅이 꺼지는 한숨) 내 잘못이요. 돌 때 받은 이름 새긴 목걸이도 있는데 은아가 내 손을 떠날 줄은 꿈에도…. 애가 얼마나 엄마 찾을까? 정말 미치고 팔짝 돌겠네!

준수 (무슨 엄마가 애 없어지는 것도 모르고, 쯧쯧!) 방송도 하고, 찾겠지요. 어서 주위나 잘 찾아봅시다!

사람 많은 놀이공원서 대체 애는 안 보고 잡담을 하다니! 거멓게 타들어가는 속. 그녀를 한 대 쥐어박고 싶은 심정. 눈에 불을 켜고 많은 사람들 사이로 찾아 헤매는 준수.

지연   (젖은 목소리) 박 선생, 우리 은아 내 목숨보다 소중한
          아이예요. 그 애를 얻으려고 내가 얼마나…! 은아 찾
          아줘요! 박 선생도 우리 은아 예뻐하잖아요.

준수   (짜증, 볼멘소리) 그러게 왜 한눈을 팔아서! 애가 천방
          지축 어디로 갈지 모르는데. 미치겠네! 아, 매점 가는
          바람에…!

지연   나쁜 사람이 데려간 건 설마 아니겠죠?

준수   무슨 그런 불길한 말을! 내가 꼭 찾을게요!

지연   은아 목말라 물 찾을 텐데. 오줌 뉘어야 하는데…!

고래 그림 물병을 어루만지다 털썩 땅바닥에 주저앉는
여자 손을 잡아 일으키는 준수. 바들바들 떨고 있다. 은
아 놓친 원망이 조금 사그라진다. 지연이 안쓰러워 어깨
보듬어주다 멈칫 놀라는 준수. 가슴에 밀착되는 여자의
유방과 부드러운 살집, 은아에게 폴폴 나는 배릿한 젖
내음까지. 가빠지는 숨결에 눈을 감는 준수. 목석처럼 미
동도 없이 눈물만 흘리는 지연. 피가 배어나도록 지긋이
입술을 깨무는 준수.

놀이공원서 아이 잃어버리고 직장 사표 내고 전국을 돌

며 아이 찾는다는 말이 남의 얘긴 줄만 알았는데!

준수 여기 동물원, 아니 서울 다 뒤져서라도 은아 찾을게요. 은아 돌아올지 모르니 저 벤치서 기다려요. 꼭!

지연 제발, 제발요! 부탁해요!

준수 (뛰어가며) 은아야! 은아야! 은아 어디 있니?

#94. 동물원. 앵무새 우리 앞 (낮)

은아 찾았다. 1시간 만에 앵무새 우리 앞에 있는 아이 발견. 눈을 까뒤집고 찾아 헤매던 그의 시야에 사람들에 가려진 노란 옷자락이 들어왔을 때 숨이 멎었다. 달려가 사람들을 밀치고 노란 세일러복을 후딱 품에 안았을 때 이슬이 맺히는 그의 두 눈.

준수 은아야! 은아야!

아이 얼굴에 자신의 얼굴을 비비는 준수. 수염에 볼을 찔려 그를 밀어내는 아이.

은아 아찌, 아파! 아파!

지연 (허둥지둥 달려와 왈칵 은아 빼앗는 지연) 은아, 은아야! 우리 아기, 은아야! 엄마야!

은아 엄마! 엄마아!

후! 길게 안도의 한숨을 내쉬며 지긋이 눈을 감는 준수. 저 엄마 뺨 위로 줄줄 흐르는 눈물, 고사리손으로 닦아주다 같이 우는 아이.

지연 엄마가 잘못했어. 미안해! 미안해! 다신 너 손 놓지 않을게.

(인터넷 일기장)
'놀이공원, 은아 잃었다 찾았다. 지상의 신들에게 감사의 기도! 은아 못 찾았으면! 생각만 해도 무서운 악몽이다!' 이틀 후, 은아 이름, 지연 휴대폰 번호, 자신의 휴대폰 번

호까지 새겨진 백금 명찰 목걸이 은아 목에 걸어주는 준수. 크게 친 사고 때문인지 아무 말 않는 지연. 놀이공원 사고 이후 더욱 친절해진 지연. 현관 앞에 놓인 청도 택배. 밭에 지천으로 피었다는 흰 민들레에 배, 대추를 넣어 달인 엑기스 복용하고, 입맛이 돌아오고 불면증도 나아진 준수. 도라지, 더덕, 버섯, 흑미, 찹쌀을 볶아 기계에 곱게 갈아 동글동글 팥알처럼 만든 영양 환약을 현관 앞에 두고 가는 지연.

#95. 일식당 초밥집. 카페 (저녁)

정서   어머! 선배! 반가워요!

먼저 와 기다리고 있던 정서. 활짝 웃으며 반기는 표정.
정서 밝은 모습에 옛날로 돌아간 듯한 착각에 빠지는 준수.
엊그제 뜬금없이 일식당 예약했다는 정서 전화.

베이지색 바바리, 실버색 스카프 두르고 검은색 명품 숄
더백. 갈색 웨이브 긴 머리, 진한 레드 립스틱 바른 정서.

정서   선배, 몸은 좀 어떠세요? 좋아 보이는데요.

준수   그냥 그대로지 뭐.

정서   메뉴, 제가 주문했어요. 옛날에 선배가 유명한 일식집
데려가 초밥 사주셔서 너무 맛있었는데 와사비가 코
를 찔러 눈물이 나서 혼났어요. 그땐 말도 못 하고.

준수   정서 초밥 즐겨 먹었지. 튀김하고.

정서   미국에서 초밥이 제일 먹고 싶었어요. 식사 나오네요.

7종류 정식 초밥, 튀김, 우동, 화이트 와인 등.
연어 초밥 맛있게 먹는 정서.

준수   많이 먹어.

정서   선배 많이 드세요.

연민의 마음, 고생 많이 했겠지!
예나 다름없이 산소처럼 맑은 정서 목소리에 귀청이 커지

최순희 시나리오 각본

는 준수. 정서 맞은편에 앉은 준수. 바바리 벗은 정서, 오
렌지색 V형 실크 티셔츠 입었는데 앞이 깊게 트여 매혹적
인 가슴골이 보임. 몸에 착 붙는 실크 티셔츠는 조금만
움직여도 봉긋 솟은 유방의 흔들림이 나타남. 천천히 식
사하는 두 사람.

식사 후 1층 카페로 이동. 똑같이 아메리카노 주문.

정서   (심각한 얼굴) 선배는 놀아도 사는 데 지장 없으니 얼
             마나 좋아요?

준수   (흠, 무슨 말씀을 하시려고?) 왜, 보험이 잘 안 되는 거야?

정서   자랑 같지만 저, 저번 하반기 보험 여왕까지 오를 뻔
             했어요.

준수   열심히 뛰었군.

정서   이런 부탁 안 드리려 했는데 용기를 냈어요. 저기….

준수   …? (넌 아직도 내게 부탁할 일이 남았니?)

정서   저기, 종로 쪽에 선배 상가 있잖아요. 세 주고 있는. 선
             배 직접 할 일은 없을 테고. 나한테 주시면 안 돼요?

준수   …! (비싼 초밥 먹었군.)

정서   남 밑에서 보험이니 뭐니 일하다 보니 독립하고 싶어

요. 내 가게, 꼭 하고 싶은 좋은 영업이 있는데 정말 열심히 해서 실망하게 하지 않을게요.

생각지도 못한 일. 삼천만 원 생각나는 준수. 빌린 돈에 관해서 여태 한마디 말도 없는 정서.

준수 그분들 부모님 생전부터 영업해온 사장님이지. 월세로 내가 잘 지내고 있지. 권리금이 얼만지 알기나 해?

정서 그거야 내가 알아서 처리하면 되잖아요. 선배, 내 사정 한번 봐줘요! 그 사람들 그 자리서 오랫동안 돈 많이 벌었을 테고, 생판 남이잖아요?

준수 글쎄….

생판 남이, 생판 모르는 일 하려고? 억지 부리며 어린애처럼 떼쓰는군. 정서 넌, 아직도 내가 만만하냐?

#96. 자전거 가게. 어린이 자전거 (오후)

준수, 자전거 가게 앞을 지나다 눈에 확 띄는 자전거 발견. 흰 바탕에 새끼 얼룩말과 하트 그림 그려진 튼실한 어린이 자전거. 2개의 보조 바퀴, 안장을 높이는 장치 있어 몇 년까지도 탈 수 있는 자전거. 놀이터에서 다른 아이 씽씽 타는 자전거 부러운 듯 바라보던 은아. 유모차나 멍멍이 자전거는 이제 쳐다보지도 않는 은아. 어린이집 다녀온 은아 데리고 나선 준수. 손에 잡힌 아이 손이 너무 작고 보드라워 살짝 잡는다. 언제 이렇게 자랐을까. 새끼 판다 수놓인 분홍 스웨터 입은 아이 볼은 꼬집어주고 싶도록 귀엽다. 은아 걸음 차츰 느려진다.

준수   은아야, 다리 아파? 아찌가 안아줄까?

단번에 안기는 은아. 아이 눈을 보았다. 새까만 눈동자에 비치는 자신의 얼굴. 등을 토닥이자 배릿한 내음 폴폴 난다. 아이가 자전거에 눈이 꽂혔다.

| 준수 | 지금은 자전거가 좀 크긴 하네. 보조 바퀴 두 개가 있어 안전해. 은아야, 이 자전거 맘에 들어? |
| 은아 | 응. 예뻐! 아찌. |

기뻐서 폴짝폴짝 뛰는 아이.
아이의 솔직한 표현에 빙그레 웃는 준수.
'그래. 좀 있다 타도 되니까 사야겠다.'
은아 손 잡고, 한 손에 얼룩말 자전거 끌며 집으로 돌아오는 길, 뉘엿뉘엿 손가락 한 마디 남은 저녁 해가 아이를 고운 오렌지빛으로 물들였다.
그냥 행복한 날!

#97. 지연 집. 현관문 앞 (저녁)

퇴근한 지연. 현관에 놓인 얼룩말 새 자전거 발견.

| 은아 | 엄마아! 아찌가 이거 은아 주어. |

은아, 신나서 자전거에 올라타려고 난리다. 주방에서 나오는 할머니.

할머니   아까 박 선생이 끌고 왔더라. 애가 거실에 두려고 고집 부려 현관에 두었다.

지연   디자인이 예쁘네. 은아야, 이거 아찌가 사주셨어?

은아   응 아찌.

자전거에 매달리는 은아. 저녁 먹고 2층으로 올라온 지연. 놀란 표정의 남자.

지연   자전거, 은아가 되게 좋아하네요. 얼마죠? 자전거 대금?

준수   은아 좋아하면 됐는데.

지연 손에 들린 빨간 손지갑에 눈길 머무는 남자.
저 여자, 다른 일엔 시원시원하면서 은아 일엔 싸움닭 같아!

지연	난 남에게 폐 끼치기 싫단 말이에요. 애가 벌써 공짜 좋아하면 안 되죠!
준수	…!

#98. 잔디 마당 (저녁)

밖으로 나가다 잔디 마당 돌고 있는 지연을 보고 걸음 멈추며 말한다.

준수	저기, 내일부터 며칠 여행 갑니다.
지연	어머나, 그래요. 어디로요?
준수	일본, 온천 여행 겸 바람 좀 쐬고 오려고요.
지연	네. 잘 다녀오세요. 정말 좋으시겠어요.

'갑자기 일본 간다고? 기어이 지불한 자전거 값 때문에 삐졌나? 온천욕이 몸에 좋겠지 뭐. 내가 왜 이래. 저 남자가 여행을 가든 말든, 나랑 무슨 상관이라고 내가 신경

을 쓰지?'

지연   은아야, 아찌 일본 여행 간대.

은아   아찌! 아찌!

준수가 여행을 떠난 날부터 지연을 괴롭히기 시작한 은
아. 퇴근해 집에 오면 아찌한테 가자며 짜증을 부렸다.

지연   (현관 벨 누르며) 봐, 봐, 벨 눌러도 아찌 없지? 아찌 비
       행기 타고 저어기 갔다니까.

은아   실어! 실어! 아찌한테 가!

도우미 아주머니가 낮에는 더 심하다고 했다. 열두 번도
더 계단을 오른다고 했다. 닷새가 지났다. 지연도 왠지
힘이 빠져 집에 오면 불 꺼진 위층 창문에 눈이 먼저 갔
다. 눈만 뜨면 손가락 세는 은아.

지연   온천은 며칠만 하면 되지, 몸도 안 좋은 사람이 뭔 바
       람 쐰다고?

#99. 지연 집. 거실 (밤)

지연   저기요?

휴대폰 전화하는 지연, 상대가 멈칫 놀라는 기색.

준수   왜요? 은아한테 무슨 일 있어요?

지연   그건 아니고. 은아가 하도 아찌 찾아서. 은아 바꿀게요.

얼른 휴대폰을 은아 귀에 대어주는 지연.

은아   아찌! 아찌! (뭐라 뭐라 이런다고 난리.) 아찌 엄마 주래.

준수   모레 일요일, 김포공항에 나와주시면 안 될까요? 은아 너무 보고 싶어서.

차분한 음성이지만 빈 동굴처럼 울리는 저음 목소리.

지연   예. 그럴게요. 그럼.

나 원, 은아도 저 남자도 큰일이네. 전생에 무슨 인연이 깊어서? 누가 말려! 말귀도 못 알아먹는 꼬맹이 짝사랑하는 당신, 참 딱하기도 하네요.

문득 동물원에서 은아 찾았을 때 감격하여 아이 얼굴에 자신의 얼굴을 마구 비비던 장면이 떠오르는 지연.

#100. 준수 집. 거실 (밤)

그날 밤, 조심조심 2층 계단 올라가는 지연. 언젠가 그가 메모해준 현관 비밀번호 누르고 안으로 들어가는 여자.

스위치 켜자 깔끔하게 정리된 거실. 거실 주방 곳곳에 걸려 있고 놓인 은아 사진에 깜짝 놀라는 지연.

화장실 거울 옆 벽에 가지런히 걸린 칫솔 3개.

지연   이 남자, 하루 세 번 칫솔 바꾸어 쓰나 봐.

칫솔 1개 비닐봉지에 넣는 지연. 욕실 하수구의 머리카락 찾아 핀셋으로 집어 비닐에 넣는 손이 떨린다. 누가 볼까, 부리나케 불 끄고 계단 내려오는 지연.

비닐봉지 수거물을 손에 들고 안절부절 거실을 빙빙 돌고 도는 지연.

지연 (내가 지금 뭐 하는 짓일까? 이거, 버릴까 말까? 한집에 사니 우리 은아 좀 귀여워하는데 내가 너무 심한 것 아닐까? 시골에선 동네 어른들이 남의 애 다 봐주셨는데. 괜히 긁어 부스럼 만들어? 아니야. 그 사람 선을 넘는 것 같아. 찜찜하게 의심하며 살 수도 없잖아. 기어이 내가 판도라의 상자를 열어봐? 아, 여기서 멈출까? 말까? 부처님, 제게 지혜를 주십시오!)

#101. 지연 집. 거실 (오후)

거실에서 다과 즐기는 자매들.

지숙   2층 남자 인물 좋고 은아를 친딸처럼 예뻐한다며? 게다가 연하에 총각이라며? 야, 호박이 넝쿨째 굴러들어 왔는데 무얼 망설여. (입술 삐죽이며) 난 재 속을 모르겠다.

지연   (붉어지는 얼굴) 내 인생에 남자는 없다고 했잖아. 김칫국 마셔도 분수가 있지.

지숙   저런 바보! 남자가 딴마음 있어서 애를 좋아하지, 이유 없이 애만 좋아하는 바보가 어딨어? 쯧쯧, 맹추야.

지연   내가 까딱 잘못하면 우리 은아까지 상처받는단 말이야.

지숙   흥, 구더기 무서워 장 못 담그냐? 너, 앞날이 구만 리야. 아서라. 중학교만 가보라지. 친구하고 놀지, 너랑 놀 줄 아니? 방문 탕 닫고 들어가 딸가닥 문 잠그면 얼마나 속상한지 알기나 해?

지애   언니, 지연이 지 맘이지. 언니가 대신 가줄 것도 아니면서 왜 그래? 그 남자 몸이 안 좋아 회사 쉰다 했잖아.

지숙   쉬었다 일하겠지. 보기 답답해 그러지. 너는 엄마 작은 논뙈기는 쳐다보지도 마라.

지연　　언닌 엄마 논 때문에 나 등 떠미는 거네. 정말 못 살아!

#102. 지연 집. 거실 (밤)

요즘 집에 있는 휴일에도 신경 쓰는 지연. 머리를 손보고 옅은 화장도 했다. 예쁜 블라우스, 화사한 원피스, 니트 자켓, 스커트 등 깔끔하게 입었다. 지연은 솔직히 결혼은 아니고, 연인으로 지냈으면 하는 실없는 바램이 든 것은 언제부터일까? 처음엔 관심도 없는 남자였는데. 어느 날 부터 건강식도 챙겨주고 싶고. 은아랑 손 잡고 바닷가 거닐고 나무들 울울한 수목원 걷고, 박물관 함께 가고, 팝콘 들고 커피 마시며 영화도 같이 보고 싶은데, 바위같이 꿈쩍 않는 남자, 이젠 조금씩 미워지려 한다. 오직 은아만 사랑하는 남자야!

지연　　저 남자 나한테 왜 저리 깍듯해? 내가 자기 누님인 줄 아나? 내 인생에 남자는 더 없다고 했는데, 메마른 내 가슴 어디에 달콤한 케이크 한 조각이 아직 남아 있단 말인가? 그만 이사 가버릴까? 그러면 이렇듯 연연한 마음도 사라지겠지.

#103. 지연 집. 방 (밤) - 회상

지연 (꽃구름이 흘러가다 멈춘 듯 내게 찾아온 아이! 3.1킬로그램 작은 아기 몸에서 우주를 보았다. 자면서 빙긋 웃는 배냇짓, 손가락을 빨면서 칭얼대고 기저귀가 젖으면 찡찡거리고 작은 입 쩌지게 벌려 하품하고 재채기하고. 아기는 나에게 새로운 세상을 보여주었지. 어린이집 생일잔치, 재롱잔치 행사 갈 때 나는 예쁘게 하고 간다. 아이 눈에 엄마 초라하게 안 보이려고. 세상의 모든 아이, 갓난아기와 유아들, 학교 마치고 학원 차로 뛰어가는 초등생, 모두에게 사랑과 관심을 가지게 되었다.)

유아교육에 관심을 가져 다시 대학에서 유아교육학과 공부하고 싶은 꿈을 꾸는 김지연.

지연   (얼마 전 마중 나간 공항에서 그 남자와 은아의 만남은 어이가 없었지. 입국하는 사람들 사이로 은색 캐리어 끌고 그가 나타났을 때, 방방 뛰며 "아찌!" 하고 비명 지르던 아이. 이산 가족 상봉하듯 감격하여 은아 껴안은 남자. 마치 나이 든 남자와 어린 연인의 재회 같았지. 더구나 그런 은아에게 은근히 샘이 나는 나 자신. 집으로 오는 길. 유아 카시트에 앉지 않고 뒷자리 그에게 안겨 새처럼 조잘대던 은아에게서 잠시도 눈을 떼지 못하던 그 사람이었어.)

#104. 정인두 박사 진료실 (오후)

노여움에 굳어진 얼굴로 정인두 박사 앞에 유전자 검사 서류를 집어던지는 지연. 깜짝 놀라며 어쩔 줄 몰라 하는 정인두 박사.

최순희 시나리오 각본

인두	나를 원망하십시오. 백번 천번 용서를 빌겠습니다! 변명 같지만 운명인 것 같습니다.
지연	운명요? 환자는 진료와 관련된 신체상, 건강상 비밀을 보호받을 법적인 권리가 있잖아요. 박사님은 의사로서 끝까지 제 비밀을 함구했어야죠! 너무 원망스럽네요!
인두	정말 죄송합니다! 그 친구도 많이 방황하고 괴로워했죠. 날 많이 원망했습니다!
지연	나는, 나는요? 이런 날벼락이 어딨어요? 머리가 확 돌아버리는 줄 알았어요! 지금도 꿈꾸고 있는 것 같아요.
인두	…!

억하심정에 분노의 눈물 흘리는 지연. 쩔쩔매는 정 박사.

#105. 지연 집 [밤]

| 지연 | (나를 속였어! 두 남자가. 너무 괘씸해! 꼴도 보기 싫어! 절대 |

로 용서 못 해! 손바닥으로 하늘을 가리지. 설마설마했는데 설마가 사람 잡았다. 세상에 영원한 비밀은 없나 보다. 이렇게 불편해서 어떻게 한집에 살아? 은아 병원 퇴원 후, 그가 갑자기 은아를 멀리하던 일. 나까지 외면하여 이상하다 생각은 했지만. 세상에! 미혼의 남자가 받았을 충격은 사실 얼마나 컸을까? 은아는 요즘 기모노 인형 선물에, 아찌하고 놀게 되어 신바람이 났다. 은아 생물학적 아빠. 나는 느낀다. 결코 숨길 수 없는 끈끈한 질긴 끈이 두 사람을 잇고 있음을. 그게 흔히 말하는 핏줄인가? 그 남자가 어떻게 나올지 조금은 불안하지만, 세상이 뒤집혀도 은아는 내 딸이다. 끝까지 은아 지킬 것이다. 확실히 것은 그 남자도 날벼락 같은 사실 앞에 죽을힘을 다해 버티고 있을 것이다. 나는 때론 은아에게 질투를 느낀다. 가슴이 시리다. 그가 나를 여자로 안 본다는 사실이 한없이 슬프고 부끄럽다. 그런데도 나는 그 사람이 걱정되어 잠을 설친다. 그이 얼굴이 창백하면 나는 건강한 O형 내 피를 수혈해주고 싶은 충동을 느낀다. 내 피를 주어 그 사람이 건강해진다면 내 몸의 피 절반이라도 빼주련만. 생인손 아리듯 내게 아픔을 주는 남자인데도 나는 그만 보면 슬프게 행복해진다. 그러나 귓전에 거머리처럼 달라붙어 있는 말 한

최순희 시나리오 각본

마디! "선배 폐암 환자잖아요?")

#106. 부동산 사무실. 주택 매입 (오후)

진 사장   어떡해요? 권 사장 다녀갔는데 집 매물로 내었어요.

진 사장 전화에 부동산에 들른 준수. 집주인이 아들딸 있는 호주에 벌여놓은 일 급하여 이민 간다고 급히 내놓은 집. 고민하는 준수. 지금 사는 집은 2층 주택이고 위치, 환경적으로 좋은 신도시 주택단지. 대지 135평, 건평 57평 신축 건물로 하자 없이 잘 지어진 주택. 집주인 이민 사정이 급하고 은행 대출, 융자, 전세 등 걸려 있는 게 많아 시세보다 싸게 나왔다는 주택.

준수   이곳에서 은아 만났지. 너무도 끔찍했던 생물학적 관계지만, 집이 팔려 은아와 헤어진다? 은아를 보지 않고는 못 견딜 것 같다.

밤새워 생각하고 고민에 고민 3일. 결국 부모님 생전에 사셨던 성북구 중형 아파트 매도하고 주택 매수. 지연에겐 말하지 않았다.

지연   박 선생 혈액형 뭐예요?

어느 날 지연의 엉뚱한 질문. 왜 혈액형을? 가슴이 철렁. 지연을 쳐다보니 혈색 좋은 건강한 얼굴이다.

준수   A형입니다만, 어째서?
지연   그래요? 나는 O형요. 알아두는 게 좋잖아요.

#107. 준수 집. 베란다 (오후)

오후 3시 반이면 어린이집 노란 승합차에서 내리는 은아. 열린 현관으로 들어오는 은아. 현관문 바깥쪽 은아 손 닿는 지점에 초인종 새로 달고, 은아가 있는 오후는 현관문 열어두는 준수. 계단에 튼튼한 로프 매어 아이가 잡게 하고 모서리에 폭신한 깔개 붙였다.
준수 집 거실 서랍에서 크레파스, 스케치북 꺼내오는 은아. 테라스 작은 의자에 앉아 그림 그리기.

준수   은아야, 분홍 옷 입은 키 큰 사람은 누구야?
은아   나, 나, 은아.
준수   옆에 구두 신은 키 작은 사람은?
은아   엄마.

은아 그림에는 키가 큰 아이가 은아, 치마 입고 구두 신고 키가 조금 작은 사람이 엄마. '아찌는?' 은아 옆에서 뚝딱거리는데 빼빼한 아찌 키가 저보다 작다. 엄마 옆 할머니는 엄마보다 더 키가 작다. 이모는 더 작게. 은아 그림에는 자기가 좋아하는 사람을 키로 나타내는데 새 스케치북에 그려도 절대로 키 순서가 바뀌지 않았다. 나무도 꽃도 수월하게 쓱쓱, 분홍 빨강 파랑 꽃들이 뱅글뱅글 피어났다.

(인터넷 일기장)

우리 다시 만나는 날   189

'어린 천사 내 곁에서 잠자고 있다. 새근새근, 사랑과 평화만이 깃들어 있다. 오래도록 이 아이 지킴이가 될 수 있으면 좋으련만!'

#108. 준수 집. 거실. 지연 집 거실 (낮)

춤을 춘다. 잠자리 날개 발레복 입고 음악에 맞춰 춤추는 은아. 몸을 팽그르르 돌아 발끝으로 걸어 나비처럼 폴폴 날아다닌다.

지연   (귓속말) 재롱잔치 연습해요. 음악 나오면 자동 로봇이에요.

준수   은아 예쁜 짓!

은아   (두 팔 올려 하트 만들고, 방긋 웃는 포즈) 아찌, 반짝반짝.

준수   반짝반짝이라고?

은아   응. 아찌는 무어?

준수   아찌도 핑크!

짝짝 손뼉 치는 은아. 유난히 분홍색만 찾아 원피스, 바지, 구두, 운동화 등 분홍 일색. 유아 프로 꿰고 있는 은아. '리틀 프린세스 소피아' 옷 입히기 제일 좋아하여 조그만 손으로 마우스 집중하여 예쁜 드레스 콕 찍어 입히고, 모자, 구두 찾아 신겨주는데 옷, 의상이 맘에 들지 않으면 몇 번이나 바꾸어 입혔다. 포켓몬 좋아하여 마우스 다른 데로 돌리면 비명, TV '뽀로로', '뽕뽕이', '모여라 딩동댕'이 좋아하는 프로. 움직이는 사물에 관심 보이고 머리에 입력, 확실한 고집과 뚜렷한 개성을 나타내는 은아.

은아	(마당에서) 아찌 개미! 개미 재밌쩌. 이거, 이거!
준수	어, 지렁이 나왔네. 은아야, 얘는 지렁이야. 구불구불 간단다.
은아	지엉이! 지엉이! 아찌 무서워!

거실 작은 수족관. 모이 많이 주는 은아.

은아	빨강이, 노랑이, 파랑이 구피야 언니가 밥 많이 줄게.

| 준수 | 은아야, 금붕어 밥 많이 먹으면 배 아프겠지? 조금씩 주자. (지금 네 눈에 보이는 세상은 정말 아름다운 세상이구나!) |

#109. 준수 집. 거실 현관 (저녁)

지연 퇴근. 2층 현관에 서서 신경질적으로 말한다.

지연	은아 자꾸 컴퓨터 하게 두면 어떡해요?
준수	소피아 옷 입히기는 하루 한 번 안 하면 안 되는데….
지연	시력 나빠진단 말이에요. 티비도 바짝 앞에서 보는데. 내가 은아 엄마잖아요. 은아 나와! 내려가자!
준수	…?

#110. 지연 집. 현관. 토요일 (낮)

준수와 문구점에 갔다 온 은아 손에 들린 그림동화 책 흘겨보며 불평하는 지연.

지연   집에 그림책, 동화책 가득인데 책은 왜 사는데요? 낭비 아닌가요?

준수   크레파스 사러 문구점 갔다 은아가 고른 그림동화인데.

지연   난요, 은아 임신하고부터 창작동화, 그림동화, 어린이 위인전 등 다 세트로 들였어요. 저 방 책장 한번 보고 사세요. 책 필요하면 내가 사준다고요.

#111. 준수 집 거실, 은아 집 (오후)

은아   아찌, 머리 아퍼 아퍼!

준수   어디? 쯧쯧, 앞머리 뒷머리, 옆머리 다 너무 당겨 쫑

쫑 땋았네. 아프지? 조금만 느슨하게 풀어줄게. 됐지?

은아 (목뒤 자꾸 긁으며) 아찌, 여기, 여기 아야! 떼줘.

준수 어디 가려운데? 여기?

목뒤를 살살 긁어줘도 가렵다는 은아.

은아 (분홍 스웨터 벗는 은아) 아찌, 이거 아야 해.

준수 라벨? 나도 라벨 떼는데. 응 이거 많이 가렵지? 새 옷에 붙은 이거? 아찌가 떼줄게.

준수 (저녁, 은아 데려다주며) 은아 목뒤 자꾸 가려워서 스웨터 라벨 뗐어요. 그거 가렵거든요.

지연 박 선생도요? 우리 은아는 새 옷 사면 속옷 겉옷 라벨 다 떼야 해요. 별스럽게. 난 괜찮은데….

#112. 지연 집. 거실 (저녁)

흰 붕대 감은 은아 손가락 두 개 들여다보며 화난 표정.

최순희 시나리오 각본

지연	나한테 전화했어야죠! 애가 다쳤는데. 어떻게 그래요?
준수	서랍 급하게 열다 조금 끼었어요. 웰키즈에서 치료받고 밴드 붙이고. 퇴근 시간 다 됐다 싶어 있었는데.
지연	(조마조마) 큰 병원 안 가도 괜찮을까 몰라! 탈 나면요? 은아 일은 무조건 연락하세요. 내가 알고 처리하게요!
준수	그럼 지금이라도 큰 병원 가보세요!

어이없어 현관문 닫고 나오는 준수. '은아 일엔 한 치 양보도 없는 여자야. 솔로몬 왕, 두 엄마 재판 생각나네.'

#113. 준수 집 (오후)

은아	아찌, 나 옛날에 상처 받았쩌.
준수	(어제 일도 옛날이라 말하는 은아. 상처라니) 무슨 상처?
은아	엄마가 콜라 마신다고 머리에 알밤 주고, 나는 치마 입고 싶은데, 바지 안 입는다고 궁둥이 때렸어. 울었쩌.

준수	아찌가 엄마 야단칠까?
은아	아니, 아니. 울 엄마 젤 좋아! 아찌, 이거 탈래.

거실 한쪽에 새로 들인 어린이용 새 트램펄린에 올라 폴
폴 뛰기 시작하는 은아.

#114. 준수 집, 지연 집 거실. 일요일 (오후)

은아	아찌! 아찌! (폴짝폴짝 춤추며 오는 은아, 오른뺨과 손등에
	붙어 있는 반창고)
준수	은아야, 왜 그래? 어디서 다쳤어?
은아	저기 저… 기.

대문 밖 가리키는 은아. 은아 안고 내려오는 준수. 거실
바닥에 퍼질러 앉아 TV 드라마에 빠져 있는 지연.

준수	은아 어디서 다쳤어요?

지연　편의점 가는데 쟤가 할아버지 리어카 따라가다 넘어
　　　　져서.

준수　(퍼뜩 놀이공원 생각나 언성 높아짐) 길에 나서면 애 손
　　　　꼭 잡아야지요. 애가 어디로 튈지 모르는데.

지연　…?

은아 흘겨보는 지연. 준수 바지 뒤로 숨는 은아.
얼마 전 정인두 전화. "김지연 씨 유전자 서류 들고 새파
래진 얼굴로 다녀갔어! 아, 정말 내가 죄인이야!"

준수　당연하지. 일본 여행에서 돌아왔을 때, 칫솔 하나가
　　　　없어진 걸 보고 짐작했지만 기어이…!

#115. 부동산 사무실. 지연 집 거실 [오후 / 저녁]

지연　사장님, 전세 낼까 싶은데요.

진 사장　이사요? 이곳 주택들 세 많이 올랐는데 그냥 사시죠?

우리 다시 만나는 날　　　　197

지연	서울로 들어갈까 봐요.
진 사장	그래요. 집주인하고 연락해볼게요.
진 사장	(그날 저녁 전화) 부동산 진입니다. 이사 어렵겠는데요.
지연	아니, 왜요?
진 사장	집주인이 기간대로 사셨으면 하네요. 집 비우고 이사 하지 않는 한 어쩔 수 없어요.
지연	(어이가 없어) 뭐라고요? 말도 안 돼!
진 사장	집주인하고 잘 상의해보시죠.
지연	아니, 이사 못 가게 잡는 거야 뭐야? 집주인 갑질? 화가 나네. 2층 올라가 따져? 조금만 더 참아봐? 좋아. 전세 기간대로 살다 방 빼지 뭐. 방 뺄 거야!

#116. 병원. 내과 진료실 (오전)

병원 정기검진 날, 컴퓨터 영상 자세히 살피는 안 박사.

안 박사	상태 좋은데요. 이대로만 쭉 관리하세요.

최순희 시나리오 각본

준수	감사합니다!
안 박사	좋은 일 있어요? 마음이 즐거우면 몸이 먼저 알지요. 약은 물론 식사 관리, 적당한 운동, 꼭 병행해야 합니다.
준수	(좋은 일? 그래, 은아다. 은아 만나고부터 환자라는 사실을 가끔 잊었지. 요즘 은아 보고 웃고 은아 때문에 내일을 기다리는 걸까? 요리에도 나름 진심이다. 잡곡밥, 청국장, 조개, 생선 등 해산물과 버섯, 더덕, 산나물 요리, 싱싱한 채소 요리. 천천히 오래 씹기. 기상과 취침 시간 지키기, 등산과 헬스, 주식, 컴퓨터까지 밤새우지 않는 중도 지키기 실천.)

#117. 준수 집. 거실 주방 (점심)

지연	전복미역국, 가자미구이, 소고기 송이버섯구이, 샐러드. 정말 진수성찬이네요!

근래 김지연 너무 예민하여 마련한 식사 자리. 반찬 골고

루 먹으며 빙그레 미소 짓는 지연. 미역국 밥 말아 생선 살코기 얹어주니 잘 먹는 은아.

지연   박 선생, 요리 나보다 잘하는데요.
준수   인터넷 레시피 따라 하는데요 뭐.

설거지는 지연이 우겨 같이하는 두 사람. 거실 돌아다니다 사진 끄집어내며 설치는 은아. 소파에서 미소로 바라보는 지연. 오랜만에 마음이 편한 준수. 어린이용 트램펄린 위에 올라 폴짝폴짝 뛰는 은아 얼굴이 빨갛다.
우유로 만든 딸기 요플레, 커피 내는 준수.

지연   은아 그만 뛰어. 은아 매일 저기 뛰죠? 요즘 밥도 잘 먹고 잠도 잘 자요. 쟤는 아까 밥 많이 먹었는데 요플레 또 먹으니 웬일이야?
준수   (편안한 얼굴. 싱긋 웃는 준수.)

#118. 준수 집. 종이학 [일요일 오전]

은아   아찌 안녕!

준수   은아도 안녕!

외출 차림새 지연과 은아. 신발 벗어 던지고 그에게 달려 와 안기는 은아. 아직도 배릿한 은아 내음. 노란 튤립 원피스에 시원한 바람이 묻어 왔다.

준수   은아 엄마랑 어디 가니?

은아   저기, 저어기. 엄마 아찌 꺼!

지연   쟤가 조르기는….

현관에 선 지연, 등 뒤의 커다란 쇼핑백 은아에게 주니 질질 끌고 와 준수에게 안기는 투명 항아리. 뚜껑 열려고 낑낑대는 은아. 지연 바라보는 준수 눈길.

지연   선물요. 은아야 엄마 간다.

은아   아찌 빠이빠이!

항아리 팽개치고 부리나케 엄마 따라가는 은아. 일요일이면 가끔 은아 손잡고 근처 절에 가는 지연. 더러 할머니와 같이 가기도 했다. 쇼핑백 선물은 뜻밖에도 종이학. 색종이로 곱게 접은 종이학이 투명 병에 가득.

'박 선생 건강을 기원하며 접은 천 마리 종이학입니다.'

유달리 큰 비둘기색 종이학에 쓰인 지연의 메모. 가슴이 뭉클 뜨거워지는 준수. 바쁜 지연과 은아 작은 손으로 이 많은 종이학을 접었다고 생각하니 가슴이 먹먹해지는 준수. '지연 씨, 언제 알았을까? 일부러 숨긴 것은 아니지만 자랑할 병도 아니지 않는가.'

(인터넷 일기장)

'선물! 천 마리 종이학! 접은 이의 정성으로 소원을 들어준다는 천 마리 종이학! 나는 언제까지 아름다운 이들을 지켜봐줄 수 있을까? 지연 씨 부처님이여! 저에게 좀 더 자비를 베푸소서!'

#119. 준수 집 거실. 가게. 지연 집. 거실 (밤)

저녁 9시 뉴스 끔찍한 장면. 한 여성이 지하 주차장에 주차하고 나오는 순간, 복면의 괴한이 흉기로 여성을 위협, 차 안으로 밀어 넣었다. 하루 뒤, 여성은 인적 드문 산길 자신의 외제차 안에서 주검으로 발견. 다이아 반지, 트렁크의 골프채까지 도난. 카드로 거액의 현금도 인출.
이튿날 호신용품 가게 찾은 준수.

지연　(두 눈이 둥그레진 지연) 이게 뭐예요? 호신용품? 한 개만 사지, 너무 심했다!

준수　백에 넣게 작은 걸 골랐어요. 가지고 다니세요.

장난감인 줄 알고 법석을 떠는 은아. 빙그레 웃는 두 사람.

#120. L 호텔 1층 커피숍 (낮)

신수가 훤한 육십 대 신사와 마주 앉은 준수.

사장 호주에 살고 있네. 한국에 들어온 지 보름 지났는데 오나가나 우리말만 들으니 살 것 같아. 떠나기 전에 자네 한번 만나고 싶어서야.

준수 아, 사장님 정말 오랜만입니다!

홍차 마시는 민 사장, 준수.
준수에게 묵직한 비치백 건네는 민 사장.

준수 아니 사장님, 이건?

사장 자네 소식 들었어. 좋은 약이라고 샀네. 기운 내시게. 아직 젊잖은가!

준수 …!

사장 이국 바람도 쐬고 치유도 하고 한번 건너오시게. 너른 저택이 텅 비어 있다네. 동행하고 싶은 사람 있으면 같이 와도 환영일세!

호탕하게 웃는 신사 민 사장은 증권사 시절 큰손 고객. 배포가 크고 인내심이 강했다. 큰 상가 보유. 주식과 펀드로 큰돈을 번 고객으로, 잊을 수 없는 사람.

사장 차 마셨으니 우리 예약한 식당으로 올라가세나.

#121. 호텔. 지하 주차장 (오후)

식사 후, 민 사장 배웅하러 내려간 지하 주차장. 싸움 소리.
늙은 여자와 젊은 여자가 다투고 있었는데 옆의 두 여자는 싸움을 말리는지 붙이는지 엉켜 있고 대머리 배불뚝이 영감만 왔다 갔다 안절부절못하고 있다.
머리채 잡힌 젊은 여자, 바닥에 패대기.

영감 여보, 그만하소. 그게 아니래도 그러네. 응?
여자 새파란 년이 범 무서운 줄 모르고 어디서 꼬리를 쳐?

발가벗겨 종로 네거리에 내놔도 모자랄 년!

정서   난 억울해! 억울하단 말이야!

여자   이년아, 백억 빌딩이 눈앞에 어른어른하지? 에고고! 아까버서 어떡하누?

사장   으하하! 저 영감 부동산 졸부인데 옛날부터 바람잡이지. 여전하네그려.

폭소를 터뜨리며 지인 차를 타고 떠나는 민 사장.

여자   이년아, 저 영감탱이가 늙은 본처하고 이혼하고 널 돈 방석에 앉힌다지? 저 영감 건드린 계집 모으면 한 트럭도 넘을 끼다. 우리 개 몬로가 웃겠다. 똥파리 계집 년아!

정서   난 아무 말도 하지 않았어. 난 늙은이를 증오해! 증오한다고!

준수   (앗, 저 목소리는? 아니야, 정서 아닐 거야!)

주차장 바닥에 드러누운 채 악쓰는 여자. 주차장 불빛이 산산이 부서진다. 다급하게 뛰어오는 주차요원.

너절하고 험한 욕설들이 뒤엉켜 뱀처럼 구불거린다. 혼탁한
바람이 앞을 막는 지하 주차장을 간신히 빠져나오는 준수
자동차.

#122. 준수 집. 서재 (오후)

모과차 마시며 인터넷 서핑 즐기는 준수. 휴대폰 전화.

박 대리 (이 사람이 왜 또 전화?) 과장님, 기사 봤어요? 그 여자,
대형 사고 친 것 같은데.

준수 무슨 말이야? 누가 사고를 쳤다고 그래?

박 대리 그게, 그게…. 인터넷 검색해 보세요, 그럼.

후딱 전화를 끊는 박 대리. 인터넷 사고, 사건들.
쭉 돌리다 눈에 띄는 기사 한 줄.
'30년 길러준 양부, 중태에 빠뜨린 양녀 칼부림 사건!'
어릴 때 입양하여 30년 돌봐준 양아버지 식칼로 찔러 중

태에 빠뜨린 고아 출신 양녀, 패륜적 양녀 자해 시도. 명
문대 출신 희대의 악녀. 기사 아래로 줄줄이 달린 비난
의 댓글들. 악녀의 화신! 인간의 탈을 쓴 구미호. 평생 감
옥에 살아도 모자란다는 댓글들.

양부 살인미수 사건은 밤 9시 TV 뉴스와 신문 사회면 장
식. 현장에서 체포되어 폭 눌러 쓴 모자, 긴 머리로 가린
얼굴, 수갑과 붕대 감긴 왼쪽 손목은 블랙 다운 파카에
가려진 모습.

패륜적 행위, 병든 양부모 버리고 몰래 미국 도피, 금수
보다 못한 인간. 비난의 화살은 국내 고아, 보육원 입양
신청에 찬물을 끼얹는 사건으로 이어졌다.

준수   (대체 네가 왜 그런 끔찍한 일을? 어떻게 이런 일이? 미워했던
마음만큼 충격적이고 가슴이 떨리고 숨통이 막혀온다. 너는
날 떠났고, 우리는 벌써 헤어졌는데…. 얼마나 시간이 흘러야
나는 너에게 무심해질까? 내가 왜? 알 필요도 없어! 막돼먹은
계집애.)

그런데 그 무엇이 준수의 발목을 잡았다. 혼란, 혼란스러

웠다. 불면증, 밤이 길었다. 거짓말이라도, 변명이라도 듣고 싶었다. 면회를 갔다. 그러나 끝내 그의 면회를 거절하는 정서. 정서를 향해 머리 검은 짐승이라고 저주하던 양부, 무언가 밝혀지지 않은 내막이 있을 것이란 확신이 들었다. 국선 변호사도 거절한 정서. 불면의 밤이 시작되었다.

고뇌 끝에 변호사를 선임해주었다. 어쩌면 한때 지극히 사랑했던 그 여자에 대한 마지막 배려인가!

변호사　　선생님, 한번 뵙고 싶은데요. 드릴 말씀도 있고.

조용한 카페에서 만난 사십 대 차분한 여성 변호사. 한숨을 내쉬며 절절 머리를 흔드는 변호사.

계획적 살인미수 피의자 윤정서. 사건 현장에서 양부는 식칼에 배를 찔렸고 피를 많이 흘려 중태였고, 119에 신고한 이도 양녀. 그리곤 다른 칼로 자신의 왼손 동맥을 끊었다. 청각장애 양모는 치매가 심해 시설에 거주. 양아버지 늙은 남자와 입양 딸 젊은 여자, 그들에겐 오랜 세월 감추어진 끔찍한 비극이 똬리를 틀고 들어앉아, 무서운 저주가 무덤의 봉분처럼 겹겹이 쌓여 있었다.

#123. 거지 아이 집. 폭행. 성폭행 (낮 / 밤) - 과거

빼빼 마르고 땟자국 줄줄한 거지 아이를 집으로 데려오는 여자. 마흔이 넘도록 자식이 없는 부부.

남자   누가 거지새끼 데려오래? 여편네가 뒤지려 환장했냐?

여자   걱정 마시우. 내가 돈 벌어, 먹이고 입히고 키울 테니 걱정일랑 마시우!

남자   이왕이면 사내새끼가 낫지. 삐쩍 마른 저런 가이내 어따 써먹게? 몇 살 처묵었냐?

여자   아가, 너 몇 살 묵은지 아냐? 나이 말이여.

아이, 손가락 네 개 폈다, 다시 다섯 개 폈다.

여자   다섯 살. 알겠구먼. 너 오늘부터 우리 집에 살자. 내 딸하고, 이름은 금자 해라.

양모는 데려온 아이를 애지중지했는데 하청업체 현장 막노동꾼 양부는 폭력 인간이었다. 술만 취하면 아내와 딸을 상습적으로 폭행하는 폭력 사내.

양부 기집년하고 가이내가 나가 뼈 빠지게 벌어온 걸 집구석에서 아구아구 처먹으니 맞아도 싸지.

그럴 때마다 바깥으로 피하는 모녀. 아버지가 무서워 아이는 한 번도 아버지 얼굴을 바로 보지 못하고 숨죽여 살았다. 술에 취하지 않으면 비정하긴 해도 폭행은 없었다. 초등학교 때 제일 심했다. 양부는 얼굴이 아닌 팔다리와 몸을 때렸다. 힘줄이 툭툭 불거진 손도 모자라 회초리로 사정없이 때려 한여름에도 반팔 옷은 입지 못했다. 엄마는 식당에서 밤늦게 오는지라 사흘이 멀다고 맞고, 굶기도 예사였다, 밥도 부엌에 쪼그리고 앉아 허겁지겁 퍼먹었다.

#124. 빌라 집. 여름방학. 낮잠 자는 아이 (낮)

자는 아이 입 틀어막고 옷 홀랑 벗기기 시작.

양부   이것아, 가만 있더라고! 에미한테 이르면 둘 다 쥑인 다! 니는 대갈빡 터져 뒈질 거여.

초등학교 2학년. 영문도 모르고 무서움과 지독한 아픔에 학 학대며 입만 벌리고 바들바들 떠는 아이. 양부의 성폭행 시 작이었다. 양부는 언제나 엄마가 집에 오기 전에 덮쳤다. 엄 마가 있어도 귀가 멀어 딸아이 숨죽인 비명을 듣지 못했다.

양부   요게 학교 마치고 집에 빨랑 안 오고 어디를 나돌아 댕겨? 가이내가 죽고 잡아?

실컷 때리고는 애를 벗기고 자빠뜨려 짐승처럼 기어오르는 양부. 비가 오거나 일이 없어 집에 있는 날이면 낮에도 아 이의 여린 몸을 들쑤시며 온갖 추악한 짓을 다 하는 양부. 아이가 고통에 울거나 몸을 비틀면 구린내 나는 양말로 입을 틀어막고, 노끈으로 묶어놓고 야구방망이로 가슴과 아랫도리를 모질게 짓이겼다. 몸서리치는 아픔에 죽은 듯 다리 벌리고 학학대는 아이. 역겨운 소주 냄새 풍기며 개 같이 덤벼드는 한 마리 짐승이었다. 어느 날 밤, 화장실 가

던 엄마에게 들켜 죽네 사네 달려들자 다신 안 그런다고
하고도, 엄마가 집만 비우면 눈알 뒤집힌 개가 되어 어린
애에게 들러붙는 짐승. 학교에도 어디에도 하소연할 곳이
없는 아이. 어느 날 무작정 집을 나온 아이. 다리 밑에 숨
어 있다 시궁창 냄새 풍기는 노숙자에게 끌려가는 아이.

엄마 금자야! 금자야! 어디 있어? 대답해라!

아이 엄마! 엄마! 여기, 여기! 내 손 봐봐!

엄마에게 발견되어 다시 악마의 소굴로 끌려온 아이. 빼
빼 마른 아이 몸에도 6학년 여름부터 생리 시작. 양부는
생리 중에도 겁탈하는 악마.

#125. 양부 집. 성폭행. 임신 (낮 / 밤)

양부 (중학교 1학년) 이년이 또 자빠져 자는 기여. 뱃속에 걸뱅
이 들었냐? 밥만 처먹고 뒤지게 잠만 자? 이년 젖가슴

도 은자 볼록해져 만질 게 있제. 어라? 배때기가 왜 자꾸 불거져? 이년이 아이 밴 기여? 도토리만 한 년이 간 큰 짓은 다 하고 자빠졌네. 이년아! 얼른 못 일어나!

놀라 벌떡 일어난 아이 목을 숨도 못 쉬게 조르는 양부.

양부   이년아, 바른대로 대여! 밖에서 어떤 놈 붙어먹었냐? 니 어미 년은 수십 년을 거기 박아도 돌멩이도 안 들었다. 조막만 한 가이내가 어떤 놈 붙었어? 이실직고 안 하믄 직일 거여. 이래도 말 안 해?

미쳐버린 야수가 아이 배를 때리고 밟고 차고 이빨로 물고 늘어지는 짐승. 바들바들 떨며 살려달라고 눈물로 애원하는 아이. 무자비한 폭행 끝에 아이의 아랫도리에서 붉은 선혈이 뭉텅뭉텅 쏟아지기 시작. 기절하는 아이. 어슴푸레 정신이 들었을 때, 시커먼 늑대가 단단한 연장을 아랫도리에 넣고 마구 쑤시고 있지 않은가.

아이   아악! (비명을 지르며 혼절하는 아이. 하느님! 하느님은 어디

계신가요?)

#126. 빌라 집. 밤 (저녁)

고등학교 1학년. 바지 주머니의 잭나이프를 확인하는 아이. 한숨 쉬며 안도의 눈빛. 밤, 역한 술 냄새 풍기며 양부, 방문 확 열고 들어오자 구석으로 숨는 아이.

양부   요게 어디로 내빼? 자빠뜨리기 전에 얼릉 나오더라구 잉! 나가 요런 재미에 살어야!

커다란 손으로 아이 머리카락 거머쥐고 확 끌어당기는 양부. 아이가 입고 있는 검은색 티, 머리 위로 훌렁 벗기고 젖가슴 움켜잡는 양부. 재빨리 바지 주머니 잭나이프 오른손에 거머쥔 아이. 바지 벗기려 엎드리는 양부의 왼팔에 잭나이프 힘껏 꽂는 아이. 신음하며 때리려 치켜드는 양부 오른팔, 있는 힘을 다해 비틀어버리는 아이.

아이	한 번만 더, 내 몸에 손대면 죽여버릴 테야. 나도 죽고 말 테야!
양부	요것이 기어올라? 두고 보더라고이잉. 니년이 날 찾지러. 나가 쓸 만허게 길 닦아놨제, 흐흐흐!

악마의 소굴. 악착같이 학습비 받아내어 하루 3시간 잠자며 본격적으로 밀린 학습 공부하며 대학 입시에 매달리는 아이. 새벽에 집을 나와 독서실, 도서관 전전, 밤늦게 귀가. 새 열쇠로 방문 잠그고 품에 잭나이프 간직하는 아이. 키가 작아 매일 우유 먹는 아이. 양모가 지어준 금자 버리고 작명소에서 지은 정서로 개명.

#127. 대학. 몽유병 (밤 / 낮)

턱걸이로 겨우 들어간 대학. 등록금 맞추기 위해 과외, 피시방, 편의점 등 아르바이트. 학점 이수하기도 급급. 그즈음 깊어가는 병. 밤이면 헛소리와 비명, 뛰쳐나가 공포에

최순희 시나리오 각본

떨며 숨을 곳을 찾는 정서. 심장이 펄떡펄떡 가슴을 옥죄는 고통. 긴장, 불안, 불면증, 늪처럼 깊어가는 정신병. 어린 가슴에 불도장으로 찍힌 끔찍한 상처는 아이의 심장에 옹골차게 똬리를 틀어 무서운 괴물로 자라고 있었다. 수면제 먹지 않으면 하얗게 밤을 새우고, 정신과 병원 순례. 차마 입에 담기도 부끄러운 양부 일은 숨기고 고통스런 증상만 말하는 정서. 정신불안, 우울증, 수면장애, 공황장애, 울화병, 처방 약 먹으면 눈 조금 붙이는 정서. 집에서 검은 가면 쓰는 정서.

어느 날 한밤중, 검은 가면을 덮어쓴 채 주방을 헤매는 정서를 보고 덮치는 양부. 까악! 더 놀라는 정서. 훌렁 벗은 양부의 튀어나온 아랫배를 물고 늘어지는 정서. 뭉텅, 살점 떨어진 배를 안고 신음하는 양부. 우왕좌왕 헤매는 정서.

#128. 회사 입사. 가면 놀이 (낮 / 밤)

동기들보다 백배 천배 힘들게 간신히 대학 졸업. 영혼마

저 갉아먹는 정신질환은 차도가 없고, 고아로 버려진 트라우마, 끔찍한 성폭행 공포는 늪처럼 깊어 몽유병으로 발전.

집에선 밤낮 가면을 쓰고 사는 정서.

정서　(내 눈에는 세상천지가 무채색이지. 떠오르는 태양도 새봄의 벚꽃도 사월의 온갖 꽃들도 전부 먹빛이니까. 하늘도 땅도 칙칙해! 아, 싫어! 다 싫어! 단 한 사람, 태어나서 처음으로 나에게 인간의 사랑을 가르쳐준 남자. 진실한 그의 사랑을 받을 때가 내 생애 제일 행복한 나날이었지. 정신질환도 멈추게 한 그 무렵 회사원 생활. 선배 미안해요! 정말 미안해요! 그 사람 속이는 게 미안해서 아낌없이 주었다. 더러운 내 몸을 너무도 소중하게 어루만지는 사람. 그러나 사랑하는 사람과 하룻밤도 같이 보낼 수 없는 나의 실체. 헛소리와 몽유병만은 연인에게 들키고 싶지 않은 심정. 죽어도 보이고 싶지 않은 나의 본모습. 그 사람과의 연애를 눈치채고부터 악마의 얼굴로 협박하는 양부.)

영달　그놈하고 얼릉 결혼해부러. 당연지사 처부모도 부모제. 젊은 놈 붙어 아랫도리 살판 났게, 잘 속이고 있겠제잉. 딸내미가 낙태꺼정 했다고는 나가 차마 말 못 허제, 히히히!

정서   나는 결혼 안 해. 아니 절대 못 해. 결혼 생각도 하지 마!

어느 날 퇴근길에 불쑥 나타난 양부, 하늘이 노랗게 보였다. 저 짐승 입을 어떻게 막아? 아, 내 사랑도 끝이구나! 콜택시 불러 양부 밀어 넣고 허둥지둥 떠났지. 선배가 고급 식당에 초대하고 용돈도 주자 더 심하게 결혼 독촉. 개 같은 입질에 먹잇감 낚여 희희낙락! 이젠 떠나야 해. 그 사람을 위해서 내가 떠나야 해.

영달   (음흉한 얼굴) 아따 좋아부러! 부모 형제도 없고 재산은 있고 우리한테 안성맞춤일세. 처부모도 부모니께 이쁜 색시 얻고 장인 장모 모시고 살믄 어북 좋은거. 복쪼가리도 없는 저 가이나가 효도할 줄 몰랐네. 늦추지 말고 빨랑 식 올리더라고. 니년한테 차고 넘치는 자리여. 나가 늦복 터져부러잉!

정서   (아, 피가 거꾸로 서네. 누구 좋으라고 결혼을 해? 구렁이 보다 더 사악한 인간! 그토록 오랜 세월 날 짓밟아놓고 단 한 번이라도 용서를 빌었던가?)

영달   이것아, 와 자꾸 결혼 미루나? 후딱 식 올리자 말하래두. 니년이 몬 하믄 나가 그놈 만나야지. 행여 니가 결혼 퇴짜 놓기만 하라지. 나가 니년 꼬라지, 뱀 허물 벗기듯 싸악 벗길 터, 알아서 기더라고.

정서   그 사람 암 걸려 결혼 못 해! 회사도 그냥 나갔다고!

영달   (희죽희죽) 나가 완전 복 터져부러! 폐암 걸린 사나 새끼, 밤일 몬하믄 어따 쓸 끼여? 양복 한 벌은 해줄라 했드만 그것도 과허네. 아암! 암 걸린 자슥한테. 한두 해 골골대다 폐병쟁이 뒈지고 나면 그 재산 다 우리 꺼제. 로또 맞았네! 떵떵거리며 평생 호강이여. 신랑 죽어도 걱정을 말거라. 귀머거리 할멈 요양병원에 치우고, 밤일은 나가 물고 빨고 기분 오지게 맞춰줄 터, 가이내 니 손에 물 안 묻히고 살게 할끼니. 얼릉 식만 올리자고 조르라니까. 걸레 쪼가리 니년 헌테 감지덕지여!

하루하루 불안에 떠는 정서. 한 번도 자신의 보호막이 되어주지 못한 청각장애에 치매까지 온 엄마.

정서 내가 떠나야 해. 그에게 뻗치는 괴수의 손길을 막아야 해! 결혼하면 저 인간, 그 사람 죽이고 말 거야. 사람이 아닌 악마니까. 거짓말로 받아낸 3,000만 원, 영원히 선배에게 나쁜 년으로 찍히고 싶어! 난 진짜 나쁜 년이니까.

#129. 미국. AL. 게스트하우스 (낮 / 밤)

다 잊고 아무도 모르는 이국땅에서 새로이 시작하고 싶었다.

그러나 시간이 흘러도 아무것도 할 수 없는 정서. 오랜 세월 정신과, 약국에서 수월하게 약 처방받아 복용하다 수북하게 가져온 약 떨어지자 영주권도 없는 처지, 언어 소통 어려운데 비싼 정신과 진료나 약 처방은 너무도 힘들었다. 약 없이 긴 밤을 꼬박 새우는 고통에 점점 심해지는 몽유병은 지인을 놀라게 하고 주위에 심한 민폐가 되었다. 빌려온 삼천, 퇴직금, 근근이 모은 천만 원, 비행기 티켓 제하고 환전한 목숨줄 달러를 열일곱 살짜리 남미 룸메이트에게 도둑맞았다. 배기호와 룸메이트가 바캉스 즐기는 LA 해안 리조트 간신히 찾은 정서. 행복한 듯 깔깔거리며 수영 즐기는 두 남녀.

정서 추잡한 개새끼! 당신과 나, 우린 기막히게 공생하는 기생충인데, 어린애 꼬여 피 같은 달러 홀랑 빨아먹어도 한국 돌아가는 비행기 티켓비는 남겨놓고 가져가야지. 준수 선배 봐서도 나한테 추근대면 안 되지. 나, 완전 거지에 미친년이야. 더러운 개새끼 당신과 열일곱 살 도둑년 리키 너, 니들 어떻게 복수할지 나도 몰라. 제발 악마의 심판을 받도록 빌어주마!

세탁소, 빨래방, 한식당 등 아르바이트, 간신히 귀국. 정신과 병원 마음대로 다니며 한 움큼의 약을 입에 털어 넣는 게 세상에서 제일 큰 기쁨이 된 정서.

#130. 서울. 좁은 원룸 침대 위 (낮 / 밤)

정서   (아, 밤에 잠, 잠을 잤네! 세상 황홀한 이 아침. 오! 주여! 자식을 쓰레기장에 버리고 간 당신들, 내 살아 있는 동안 당신들 저주할 거야. 내지른 새끼 키우지 못할 바엔 차라리 죽이고 가지. 거지로 살아남아 그 무서운 치욕을 당하게 버리고 갔어. 절대로 용서할 수 없지! 유황 지옥에 빠져도 용서할 수 없는 짐승! 진저리나게 먹는 약도 모자라 짐승이 옮긴 외음부 피부병으로 죽는 날까지 항생제를 달고 살아야 하는 더러운 걸레 조각 내 몸! 악마의 저주를 받고 태어나 끝끝내 용서받지 못하는 인간이 바로 나 자신 아닌가. 저주스러워! 저주스러워! 지옥으로, 유황불 지옥으로 제발 떨어져라! 하루라도 빨리 죽음을 다오!)

#131. 오래된 낡은 빌라. 양부 집. 거실 겸 주방 (오전 11시)

오래된 빌라 1층. 누추한 집. 더러운 거실. 깡소주 마시고 있는 양부. 흉하게 늙어 흉물스러운 모습.

영달   저게 누구여? 헛것이 보이남? 어라, 눈 닦고 봐도 낯
       짝이 그년일세? 가이나, 물 건너왔는데 애비 선물도
       없냐?

정서   나한테, 나한테 잘못했다고 하세요! 나는 아직도 엊
       그제 당한 일 같으니까! 악몽에 시달려 난 미쳐가고
       있어요. 어린애에게 얼마나 몹쓸 짓거리 했는지 설마
       잊지 않았지요?

영달   참, 기똥차네! 이년아, 거지새끼 데리다 먹이고 입혀
       서 대학꺼정 시켰더니, 늙은 부모 봉양도 안 하고 내
       뺀 년, 은공도 모리고 엇따 대고 주둥이 나불거려?

정서   나한테 잘못했다고, 미안하다고, 한마디만 하면 용
       서할게요! 제발요! 당신은 살아 살고, 나는 죽어 살
       게요!

영달   이게 폐병쟁이 떨어지고 사내 생각나 찾아온 기여?
       은자 나하구 살아야. 나가 아직 팔팔헌데 계집 구경
       못 해 죽겠구만. 지금 당장 니년 구녕에 내 ×× 넣어
       보자잉!

정서   악마! 저 악마의 심장을 아누비스의 저울에 달아봤으
면! 저승사자는 저런 인간 안 잡아가고 뭣해? 제발 같
이 죽자! 죽어!

좁은 집구석, 서 있는 바로 등 뒤 싱크대 위 식칼, 손 뻗
쳐 식칼 손에 쥔 정서. 욕정에 흥분하여 더러운 런닝 홱
벗어던지고 반바지 끌어내리며 허둥지둥 덮쳐오는 늙은
이 다리를 걸어 가볍게 넘어뜨리는 정서. 그리고 훌러덩
내놓은 더러운 배때기에 온 힘을 다해 식칼을 푹 찌르는
정서.

영달   이년이, 더러운 잡년이 은공도 모리고 감히 나헌테…!

정서   난 오늘까지 죽고 싶어도 죽지 못하고, 살고 싶어도
살지 못하고 가면 쓰고 유령처럼 살았어! 나는 정말
사람이 아니었어. 이제 눈 감고 싶어. 아! 슬픈 내 인
생 끝내고 싶어라!

피눈물 흘리는 정서. 널브러진 양부 배에서 흘러나오는
피! 가방의 휴대폰 찾는 정서.

정서   112요. 여기 사람 죽었어요!

무심한 얼굴로 파카 안주머니에서 오랜 세월 간직해온 잭나이프 꺼내 망설임 없이 자신의 왼쪽 손목 동맥 끊는 정서.
가만히 드러누운 얼굴에 흘러내리는 뜨거운 피, 피눈물.

정서   난 아버지가 아닌 한 마리 흉측한 짐승을 죽였어! 나는, 평범한 일상을 사는 작은 행복을 찾았지만 꿈이었지. 모진 내 인생 이만하면 끝나는 것을 왜 그렇게 버티었던가!

#131. 구치소 면회 전경 (오후)

면회를 거절해온 정서. 변호사의 끈덕진 설득으로 단 한 번의 면회 허락. 얼굴을 돌려 내내 준수 외면한 정서. 면회 유리창 너머로 보이는 많이 야위고 창백한 얼굴.

최순희 시나리오 각본

준수	(만감이 교차) 정서야!
정서	선배 보기가 죽기보다 부끄러워요. 죄송한 말씀이지만 하느님 앞이 백번, 천번 편해요. 다시는 절 찾지 마세요. 제가 이 자리서 연기처럼 사라질 수 있다면 얼마나 좋을까요!
준수	정서야!
정서	지옥 같은 내 가슴을 녹여주는 선배의 진실한 사랑에 안주하고 싶은 욕심에, 정말 따뜻한 사람의 사랑을 너무 받고 싶었어요. 그러면 무서운 과거도 잊고 행복하게 살 줄 알았어요. 그래도 가슴 졸인 선배와의 만남이 내 누더기 인생에서 제일 행복했고 머무르고 싶었던 황금빛 순간순간들이었어요. 선배 병도 나 때문에, 나 같이 재수 없는 애가 곁에 있어 걸린 것 같아 한없이 미안하고 슬펐어요. 제가 감히 말할 입도 없지만, 선배를 존경하고 사랑하는 마음만은 진심이었지만, 저 절대로 용서하지 마세요!

꺽꺽 메이는 목소리, 눈물도 말랐는지 흘리지 않았다. 끝까지 준수를 외면한 채, 후다닥 면회실을 뛰쳐나가는 정서.

준수   (젖은 음성) 정서야!

'보리수' 음악 선행.

> 성문 밖 우물곁에 서 있는 보리수
>
> 나는 그 그늘 아래 단꿈을 보았네
>
> 가지의 희망의 말 새기어 놓고서
>
> 기쁘나 슬플 때나 찾아온 나무 밑
>
> 오늘 밤도 지났네 보리수 곁으로
>
> 캄캄한 어둠 속에 눈감아 보았네
>
> 가지는 흔들려서 말하는 것같이
>
> 친구여 여기 와서 안식을 찾아라

#132. 준수 집. 병원 진료실 (낮)

갑자기 어깨 결림이 느껴지며 기침도 간간 나왔다. 창백하게 야윈 정서 얼굴이 나타났다 사라진다. 아찌! 아찌!

까르르 웃는 은아 얼굴이 보름달 같다. 은아야! 은아야! 가만히 불러보는 예쁜 이름. 순간 어이없이 무너지는 자신이 한심스럽다.

정기검진 날은 아직 멀었는데 병원을 찾는 준수. 안 박사는 검진 자료와 영상 살펴보며 별 이상 없다고 했다. 투병 생활 심리적 불안이라고 했다.

검진을 잘한 것일까? 몸 상태가 나아졌다 해도 안 믿어지고 나빠졌다 해도 안 믿어진다. 불안하다. 언제 뒤통수를 때릴지 알 수 없는 병마가 아닌가. 내가 누구와 무슨 약속을 하랴. 지연 씨에게 말조심을, 은아에게 약속만은 삼가리. 병은 사람을 겸손하게도 하지만, 불안하고 심약하고 비굴하게도 만든다.

#133. 지연 집. 거실. 은아 방 (낮 / 오후)

은아	엄마, 아빠 어디? 은아 아빠?
지연	아빠! 은아 아빠? 음, 미국에 있지. 공부하고 계셔.

은아	미국 어디?
지연	저어기 멀리. 바다 건너, 또 바다 건너 아주 멀어!
은아	아빠, 은아 아빠 언제 와?
지연	음, 잠 많이 자고 또 자고. 아빠 오셔.

그림책 우리 집. 펴놓고 엄마, 아빠, 아기, 꼭꼭 짚는 은아. 뜬금없이 아빠를 입에 올렸다. 깜짝 놀라는 지연.
'은아야, 미안해. 적어도 네가 중학생이 되면 말해줄게.'
은아 손에 이끌려 은아 책장 구경하는 준수. 책장에 잔뜩 꽂힌 그림동화, 동화책, 어린이 만화 위인전 등 전부 세트. 어린이 영어, 영어 만화책 발견하고 놀라는 준수. 그림동화 중에서 몇 권씩 가져다 은아에게 낭독하는 준수. 화려한 컬러 식물 동물 모형, 시청각 효과음까지 들어 있는 동화에 귀 기울이고 듣다 스르르 꽃잠 자는 은아.
보드라운 작은 손 쓰다듬는 준수.

#134. 근린공원 어린이 놀이터. 미끄럼틀 (오후)

놀이터에서 모래 퍼 나르며 신나게 잘 놀던 은아.

은아　　아찌 안아줘!

준수　　이렇게? 은아야, 저기 멀리까지 잘 보이지?

은아　　아찌, 안 보여.

준수　　어디가 안 보여?

은아　　저기, 저기, 멀리.

준수　　그럼 미끄럼틀 올라가보자. (미끄럼틀 위에서 은아 안아주며) 은아야, 잘 보이지?

은아　　아찌. 미국 어디야?

준수　　미국? 미국은 왜?

은아　　아빠, 아빠 미국, 미국.

준수　　(깜짝 놀라) 은아 내려봐. 누가 그래? 아빠 미국 있다고?

은아　　엄마, 엄마. 헤헤.

은아 끌어안는 준수. 가슴이 미어진다. 은아 일에는 언제나 이성보다 감성이 앞서는 자신을 느낀다.

초록 잎새가 쭉쭉 하늘로 뻗은 메타세콰이어 공원 길, 새끼 얼룩말 자전거 타고 달리는 은아. 자전거 꽁무니 잡고 같이 뛰는 준수.

안장 높인 자전거 타고 씽씽 달리는 은아 모습. 선행.

#135. 집 마당. 4월 식목일. 나무 심기 (오전)

얼룩말 자전거 타고 잔디 마당 달리는 은아. 키가 훌쩍 자랐다. 마당가 단풍나무 초록색 손바닥을 펴들고 잔가지 뻗은 은행나무 연두 새순을 내놓았다.

준수   (헐렁한 회색 운동복 차림) 은아 천천히! 커버 돌 때 조심해!

마당에 4그루 3년생 묘목, 괭이, 삽, 물조리, 코팅 장갑 등이 놓여 있다. 어제 은아 데리고 꽃시장 갔었다.

2층 계단 옆 한 뼘 꽃밭 만들어 은아랑 팬지, 봉선화, 페

츄니아, 초롱꽃 심고 줄장미 줄기는 담장 위로 올렸다. 담장 돌아가며 줄자 대어 파놓은 구덩이에 묘목 갖다놓고 있을 때, 흰 장화 신은 지연 나타나자 자전거 내던지고 달려오는 은아.

지연 애, 넘어져. 천천히.

달려와 엄마 손 뿌리치고 준수에게 덥석 안기는 은아. 배릿한 유아 냄새 풀풀. 은아 겨드랑이 손 넣어 쭉 올려 빙그르르, 한 바퀴 두 바퀴 바람개비처럼 돌리는 준수. 까르르 까르르 방울방울 터지는 해맑은 웃음소리.

지연 난 나무 심은 적 없는데. 아버지가 사랑채 앞에 대추나무 심는 걸 보기만 했지.

준수 나도 꽃다발이나 축하 화분, 전화 주문만 하면 득달같이 배달해주는 물품으로요. 산에 다니면서 나무와 생명력 강한 넝쿨, 야생화의 사계절을 보았어요. 어제 땅 파보니 다행히 좋은 흙이 나왔어요. 여기가 본디 밭이었는지.

삽 들었다, 괭이 끌다 부산을 떠는 은아. 파놓은 구덩이에 준수 묘목 세우며 붙잡는 지연. 잔뿌리들 결대로 고루 펴준 다음 흙 도로 덮는 준수. 꽃삽으로 한 줌도 안 되는 흙 나무에 붓는 은아. 묘목에 흙을 다 채우곤 나무를 빙빙 돌며 흙을 다져주는 세 사람. 엄마 손 잡았다, 아찌 손 잡았다 폴짝폴짝 뛰는 아이. 햇살 잘 드는 곳에 사과나무 단감나무 심고, 건물 옆으로 매실나무 무화과 심었다. 긴 호스로 나무에 물 흠뻑 뿌려주는 준수. 옷이며 장화, 흙투성이로 마른 잔디에 뒹굴뒹굴 구르는 은아.

지연   (흙 묻은 장화 털며) 은아랑 내가 나무 다 심었나 봐.

준수   (싱긋 웃으며) 이 나무들 가지 뻗어 높아지면 가지치기 하세요. 키 크면 과일 따기, 관리도 어렵거든요.

지연   시골에 감나무에 올라 감 따다 다치는 사람도 있었어요. 그런데 심은 사람이 과일도 따고 관리해야지. 난 잘 몰라요. (그를 흘겨보는 지연)

준수   (당신 말대로 내가 봄날에 토실토실한 청매실 따 엑기스 담그고, 빨갛게 익은 사과 우리 같이 또옥 똑 딸 수 있다면, 잔디에 앉아 도란도란 단감 깎아 먹을 수 있으면 나는 정말 행복하겠소!) 무화과 아세요? 꽃이 없는 무화과가 익으면 향긋한 열매 안에 오톨도톨한 붉은 꽃이 가득 피었는데 얼마나 달디단 과즙인지 모르죠? 친구가 여름에 시골서 가져온 무화과 그 맛 잊을 수 없어요. (은아와 그대가 맛나게 먹는 것만 보아도 행복하겠소. 우리 어머니처럼.)

준수 은아야, 김은아 이름처럼 나무 이름표 걸자.

은아 응, 아찌.

준수 홍옥. 여기 걸어. 그래, 청매실 걸고. 단감나무 이름표. 마지막 무화과 이름표! 우리 아가씨 참 잘해요!

나뭇가지에 신나서 목걸이 이름표 거는 은아. 식목 기념사진. 은아 독사진, 엄마와 둘이. 셋이. 휴대폰 앨범 저장.

#136. 지연 집. 거실. 식당 (낮)

지연 주방에서 식목 기념 스페셜 요리. 준수, 욕실에서 따뜻한 물 받아 은아 얼굴, 손발 씻기기 시작. 기분이 좋

아 장난치는 아이. 또렷한 쌍까풀, 볼그레한 뺨, 꽃잎 같
은 입술. 은아의 반듯하고 도톰한 이마, 어디서 본 듯했
는데 아, 어머니 이마 닮았다. 갸름한 턱도 어머니 닮은
듯, 내가 왜 이래? 이내 고개 젓는 준수. 피곤했는지 우
유 마시고 크림빵 입에 물고 잠드는 은아 모습에서 안식
을 느끼는 준수.

지연	점심 늦어 시장하시죠?
준수	저기, 밥 조금 더 주시겠어요?
지연	그럼요. 큰일하였으니 많이 드세요!

찰밥, 오색 나물, 푸짐한 감자탕. 밥솥 찰밥 얼른 퍼주며
맛있게 식사하는 남자 빙그레 바라보는 지연.

(인터넷 일기장)

'Happy Day. 담장 둘레로 나무 심다. 홍옥, 단감, 매실,
무화과. 은아를 위해. 은아 엄마를 위해. 은아도 나무도
무럭무럭 자라다오!'

#137. 잔디 마당 (휴일. 낮)

비닐 호스로 나무들 물 주며 둘러보는 준수. 차 소리. 외출에서 돌아오는 지연. 크림색 바바리 차림, 건강하게 보이는 여자 얼굴이 아름답다.

지연	나무들 자리 잘 잡은 거지요?
준수	예. 매실, 무화과 새잎 났어요. 은아 낮잠 자요.
지연	(집으로 들어가려다 머뭇머뭇) 저기, 사실은 윤정서 씨 면회하고 오는 길이에요.
준수	…! (놀라 지연을 노려보는 준수. 흔들리는 눈동자)
지연	언론 보도로 알았어요. 꼭 만나고 싶었어요. 오늘 면회 세 번째요. 헌신적인 대구 미카엘 수녀님과 많은 분들 위로로 정서 씨 안정되어가요. 정서 씨 가톨릭에 귀의했어요. 신자로. 자신에게 남은 생이 있다면 공부하여 호스피스 간호사로 봉사하는 삶 살고 싶다네요. 관련 서적 좀 넣어줬어요.
준수	…!

지연 외면하고 먼 하늘 바라보는 준수. 아득하고 쓸쓸한 눈길. 불에 덴 듯 아파지는 가슴. 정서! 정서! 윤정서! 며칠 전, 대학 동기 결혼식장 가던 길. 서울역 부근 지나가다 본 노숙자들 싸움질.

영달   인간아, 나가 만만허냐? 꿩도 매도 지가 다 놓치고 지랄허고 자빠졌네. 국밥 얻어준 은공도 모리고잉?

준수   (귀에 익은 목소리? 대머리, 뭉툭코, 일자 눈썹, 두툼한 입술, 더러운 점퍼, 절뚝절뚝 저는 다리. 바닥에 질질 끌리는 추레한 쥐색 바지. 짐승 같은 인간 정서 양부 아닌가!)

외면하고 빠른 걸음 홱 지나치는 준수.

#138. 지연 집. 거실 (오후)

할머니   은아 따 먹으라고 과일나무 심지 않나. 사람은 나무 랄 데가 없는데….

지숙	정말? 지연이 먹으라고 심었겠지. 멋져! 그 남자, 어디가 아픈데? 어머 얘, 쌍꺼풀 했어? 너 요즘 연애하니?
지연	연애는 무슨…. 남들 다 하는 쌍꺼풀하고 코 조금 손봤어.
지애	쌍꺼풀도 코도 잘됐네. 너 예뻐졌어! 잘했다 얘!
지숙	이상한데? 우리한테 말도 없이, 너 예뻐 보일 사람 생겼냐?
지애	언니, 지연이 성형을 하든 연애를 하든, 우린 그냥 뒤에서 지켜보면 되는 거야.
지숙	중이 제 머리 못 깎는다고, 세월아 네월아, 어정대다 쟤 파파 할멈 되게?
할머니	아서라. 지연이 은아 하나만 보고 산다고 안 했나.
지숙	아이고 엄마, 그 말을 여태 믿고 계시우? 요즘 88도 지나 99세 살면 50년이나 독수공방 쟤, 혼자 살라고?
지연	나이도 연상이고, 내가 어떻게 결혼을 또 해?
지숙	미치겠네. 결혼 한 번 하나 두 번 하나 오십보백보지.
지연	(난 아직도 그 남자가 은아 생물학적 아빠라는 사실을 밝히지 않았다. 큰언니가 알면 막무가내 행동을 누가 막으랴. 파파 할멈? 내내 미루고 있던 성형수술 큰맘 먹고 하였다. 예쁘

게 봐줄 사람도 없는데 쌍꺼풀하고 콧대 높였다. 박준수 씨,
나도 당신 별로야! 당신은 암 환자야. 당신을 어떻게 믿고 사
랑하겠어? 약 한 톨 안 먹는 건강한 내가. 어림없지. 이제부
터 내가 당신을 정말 미워할지도 몰라.)

#139. 준수 집. 서재 (밤)

(편지)
'은아에게. 사랑하고 사랑하는 내 딸 은아에게. 나는 은
아가 중학교나 고등학교 입학 후에 이 편지를 보았으면
하고 바란다. 그러나 한편으로는 네가 제발 이 글을 읽
지 않았으면 하는 간절한 마음이구나. 은아야! 나는 감
히 아빠라는 이름으로 이 편지를 쓴단다. 사람은 누구나
고귀한 생명으로 태어나 엄마 아빠, 그리고 가족들의 지
극한 사랑을 받으며 자라는구나.'
마우스 놓는 준수. 보내지도 못할 편지를, 희망의 편지도
아니고. 애에게 무슨 혼돈을 주려고. 글자 싹 삭제하는

최순희 시나리오 각본

준수.

준수   (휴대폰 전화 힘없이 받는다.) 여보세요?

정태   목소리가 왜 그래? 몸이 안 좋은 거냐?

준수   아니야. 이 시간에 웬일이냐?

정태   배기호 소식인데.

준수   이 자식 귀국했어?

정태   아니. 어젯밤 전화 왔더라. 기가 차서.

준수   뭔 소식인데…?

정태   기호가 동거했다는 남미 여자애가, 에이즈 잠복 환자였대!

준수   뭐, 뭐라고…? 그럼 기호는?

정태   존나게 잘살려 했는데 개뿔 같은 인생 끝난다네. 며칠 전에 인수가 봉천동 출장 갔다 파지 줍는 기호 아버지 만났는데 영호 수술받고 신기하게 병 나아 한 달 살다 죽었다면서, 미국 간 기호 소식 없다고 잘 있냐고 하시더래.

준수   자식이 동생 수술비는 주고 날아간 모양이지. 기호 어쩌냐?

#140. 회사 복직. 직장 출근 (아침)

이곳 신도시 지점을 낸 S 증권에 복직한 준수. 1월 새해부터 출근 시작. 일은 사람에게 활력을 충전시키고 희망을 준다. 깔끔하게 감색 슈트 정장, 검정 가죽 백팩 메고 출근하는 준수 모습에 깜짝 놀라는 지연.

지연   어머나! 저 남자 왜 저리 멋있지? 미치겠네!

할머니   인물도 좋고 훤칠하게 잘난 총각이제.

현관문 두드리는 소리. 초인종 소리 선행.

#141. 지연 집. 지연 발병 (토요일. 새벽)

은아   아찌! 아찌! 문, 문! 아찌!

엉엉 우는 소리, 벨 소리, 쾅쾅 현관문 두드리는 소리!

5시. 은아 울음에 깜짝 놀라 급히 현관문 여는 준수.

준수	은아야! 왜? 왜?
은아	잉잉! 엄마, 엄마 아야 해!
준수	뭐, 뭐라고? 엄마 아파?

눈물범벅 얼굴로 준수 손 잡아끄는 은아. 입은 잠옷 그대로 은아 안고 다다닥 계단 뛰어 내려가는 준수. 환하게 불 켜진 아래층. 열린 현관문, 거실에서 뒹굴고 있는 지연 모습. 하얗게 질린 채 땀에 젖은 얼굴. 배를, 옆구리를 끌어안고 이리저리 뒹굴며 신음 소리.

| 지연 | 허리가, 배가 너무 아파서…! |
| 준수 | 어째 사람이 이 지경이 되도록 있었어요? 차 뺄게요! (준수, 당황하여 나가다 도로 들어온다.) 119 부를게요. 그게 빠를 것 같아서. 은아야, 잠깐만 있어. 아찌 빨리 올게. (119 전화.) |

급히 패딩점퍼 갈아입고 지갑 챙겨 뛰어 내려온 준수. 열이 펄펄 나는 지연을 끌어안는 준수.

준수   조금만, 조금만 참아요! 병원 가면 나을 거에요!

티슈 뽑아 여자의 눈물 콧물, 이마에 흐르는 땀을 닦아 주는 남자. 언제나 씩씩하고 강건하게 보이던 여자였는데. 은아까지 매달려 울고 있다. 한쪽 팔에 지연, 한쪽 팔에 은아를 안은 준수.

준수   은아야, 괜찮아. 엄마 병원 가서 주사 맞고 약 먹으면 낫는 거야. 은아야, 엄마랑 같이 병원 가게 옷 입자.

그는 깨달았다. 자신이 보호하고 지켜주어야 할 사람이 은아만이 아니라는 사실을. 지연에게 외투를, 은아에겐 분홍 털 망토 찾아 입히는 준수.

#142. 집. 119 구급차 안 (새벽)

119 도착. 지연 구급차에 실리고, 은아 안고 구급차에 오

최순희 시나리오 각본

르는 준수. 구급대원 환자 상태 묻기 시작. 통증이 조금 덜한 지연 눈에는 두려움에 떨고 있는 은아만 보임.

지연 (토끼 새끼 같은 저 애를 두고 만약에 내가 잘못된다면, 내 생명보다 귀한 우리 은아는 세상 어느 구석에 처박혀 설움받을까? 고아원 갈까? 부부가 있으면 남은 사람이 돌보기 마련이지만. 은아는, 내 딸 은아는?)

지연의 뒤집힌 눈에 은아를 안고 있는 사람이 보였다. 숨도 못 쉴 통증이 오기 전에 약속받아야 해. 손수건으로 자신의 얼굴 땀 닦아주는 남자 손길 붙잡는 지연.

지연 만약에, 만약에 말인데요, 내가 잘못되면 우리 은아 부탁해도 될까요? 당신, 은아 사랑하잖아요! 내가 믿고 부탁할 사람은 당신밖에 없어요!

준수 (어이없어) 아픈 사람이 별걱정을. 치료받으면 곧 나을 테니 걱정하지 말아요.

지연 아니요. 살면서 이렇게 죽도록 아파본 적 한 번도 없어요. 은아 낳을 때보다 더 심해요! 죽을지도 몰라요.

엄마는 연세 많고 이모들 살기 바빠 우리 은아 돌볼
수 없어요.

준수   (지극히 담담하게) 며칠이라도 입원할 테니 그동안 내가
은아 유치원 보내고 밥 먹이고 돌볼게요.

지연   고마워요! 이제 안심이 되네요. 여기 증인분도 계셔
요. (영문을 몰라 어리둥절한 구급대원)

다시 옆구리와 배를 비틀며 통증에 괴로워하는 지연.
응급실 선행.

#143. 병원 응급실. 입원 (낮)

지연의 병명은 신장결석. 쓸개에 있는 결석 2, 3개가 자리
를 이동하면서 생긴 통증. 나중에 다시 결석을 더 세밀히
검사한 뒤 초음파 시술 또는 수술 결정. 2인용 병실. 침대
에 금식 팻말. 안도의 한숨을 내쉬는 준수. 링거 주렁주
렁 달고 잠든 여자의 해쓱해진 얼굴에 핏기라곤 없다. 푹

꺼진 눈두덩. 결석이 그렇게도 아픈 병이던가?

엄마 옆에 가지도 못하고 풀이 팍 죽어 있는 은아.

준수 가슴에 주룩주룩 내리는 비.

'신이시여! 모든 악업은 제가 지고 가겠습니다. 저 여자 김지연, 은아랑 행복하게 살게 도와주십시오!'

자신은 스무 살이 넘어 어머니를 잃었어도 이렇듯 사무치는데, 은아에게 그런 고통은 주고 싶지 않았다.

병원 내 매점에서 샌들, 생수, 종이컵, 타월 등 입원 필요품 사서 넣어주고, 간병인 지연에게 붙여주고, 지연 재촉에 꾸벅꾸벅 조는 은아 업고 병실을 나서는 준수.

#144. 지연 집. 거실 - 주방 - 침대 (오후 / 밤)

은아, 고집부리지 않고 순순히 그를 따랐다. 따뜻한 물에 몸을 씻기고, 밥 챙겨 먹이고 잠옷 갈아입혀 침대에 누이니 눈물이 글썽글썽 입 삐쭉삐쭉하더니 피곤했는지 잠들었다. 지연 방, 지연 내음. 잠 안 자고 엄마 찾을까

걱정했는데 다행이다. 무척 길었던 오늘 하루를 돌아보
는 준수.

밤 12시. 잠에서 깨어난 은아 울기 시작.

은아 엄마 보고 싶어! 엄마 보고 싶어! 아찌! 엄마 데려와!
엄마 보고 싶단 말이야!

콧물 눈물 얼굴로 줄기차게 엄마만 찾는 아이. 소리쳐 부
르면 엄마가 오는 줄 아는 모양이다. 과자도 아이스크림
도 내던지는 아이. 동화책도 인형도 패대기다. 갓난아기
때 밤마다 울던 은아 기억. 그때 얼마나 스트레스를 받
았던가. 꼭 그때처럼 울고 있다. 그래, 은아 우는 고집이
있지.

지금 당장 엄마가 보고 싶다는 애한테 무슨 말이, 무슨
약속이 통하랴. 은아에게 엄마가 없다면?

준수 날 밝으면 엄마한테 가자, 아찌와 약속, 도장 찍어야지.
은아 실어! 실어! 아찌 미워! 엄마 데려와! 엄마 보고 싶어!
엄마! 울 엄마 데려와! 엄마아 엉엉!

준수	은아야! 조금 있다 아찌가 엄마 병원에 꼭 데려다줄게.
은아	지금 엄마한테 가! 엄마 보고 싶어! 우리 엄마 갈테야!
준수	제발 그만 울어! 아찌가 어부바해줄까? 은아 좋아하는 어부바? (눈물범벅, 고개 끄덕이는 은아.)
준수	할머니가 어부바하던 포대기 어딨어? 찾아와야 업어주지.

재빨리 서랍에서 분홍 포대기 꺼내오는 아이. 은아 업고 서투르게 포대기 두르는 준수. 훌쩍이며 그의 등에 찰싹 붙는 아이. 깃털처럼 가볍고 보드라운 살결. 등짝을 축축하게 적시는 눈물방울. 은아 껄떡이는 울음 그치지 않아 자장가 부르는 준수, 오가며 귀에 익은 은아 할머니 자장가.

자장자장 우리 아기 자장자장 우리 아기
멍멍개야 짖지 마라 꼬꼬닭아 울지 마라
우리 은아 잘도 잔다 우리 은아 잘도 잔다

노래 불러주자 가만히 있더니 끝나자 다시 칭얼칭얼.

준수	목마르지? 우유 줄까?
은아	응, 바나나 우유.

포대기 풀고 준수 등에서 내린 은아, 바나나 우유 마시고 쉬까지 했다. 그리곤 다시 울기 시작.

준수	은아 너 또 울어?
은아	엄마 보고 싶어! 엄마 보고 싶어! 아찌, 엄마한테 가!
준수	휴! 낮이라면 벌써 갔겠다. 은아 고집이 있지. (다시 포대기 두르고 은아 업는 남자)
은아	아찌 노래 불러.
준수	또 노래? 자장자장 부를까?
은아	잉잉! 자장 말고 있어!
준수	아찌 노래 모르는데?
은아	할미, 새야새야.
준수	알았어. 부를게. 제발 제발 좀 울지 마, 응?

새야 새야 파랑새야 녹두밭에 앉지 마라

녹두꽃이 떨어지면 청포 장수 울고 간다

최순희 시나리오 각본

문득 어머니가 부르시던 '섬집 아기' 생각난 준수. 은아 궁둥이 토닥이며 불러본다.

엄마가 섬 그늘에 굴 따러 가면
아기가 혼자 남아 집을 보다가
바다가 불러주는 자장 노래에
팔 베고 스르르르 잠이 듭니다

은아가 스르르 잠들었다. 새근새근 고른 숨소리. 업힌 아이 내리면 밤새도록 울까 걱정되어 아이 업고 침대에 기댄 채 밤새우는 준수. 창밖은 지난날 입원하여 긴 밤 뒤채다 커튼 사이로 보았던 캄캄한 어둠의 빛! 섬찟했던 기억. 파노라마처럼 스쳐 지나가는 암울했던 순간순간들.

#145. 지연 집. 거실 식탁 [아침]

눈뜨자마자 엄마한테 가자고 졸라대기 시작하는 아이.

준수   은아야, 아침밥 먹어야 엄마한테 가지.

재빨리 식탁에 앉아 밥을 푹푹 퍼먹는 은아, 어이가 없어 웃음이 나오는 준수. 재빨리 치카치카하고 세수까지 한다. 은아 머리 빗겨 리본으로 예쁘게 묶었다. 아이가 골라 온 분홍 바지, 분홍 스웨터, 폭신한 털외투 입혀주는 준수.
아이 눈에 눈물이 샘물처럼 글썽글썽. 할 말을 잃는 준수.

은아   아찌, 우리 엄마 보고 싶어! 하늘 땅만큼 울 엄마 보고 싶어!

준수   아이고, 내가 졌다! 그래, 어서 엄마 병원에 가자!

#146. 병원. 2인용 입원실 (오전)

병실 복도서부터 엄마를 향해 전속력으로 달려가는 아

이. 전화 받고 내내 기다렸는지 병실 문밖에서 뛰어오는 아이 두 팔 벌려 꼭 끌어안고 얼굴 비비며 행복해하는 아이 엄마.

얼굴이 퉁퉁 부어 있는 지연.

은아 엄마! 엄마!

준수 아직도 많이 아파요?

지연 아뇨. 이젠 신기하게 하나도 안 아파요!

금식 스티커. 환자복, 링거 거치대. 주렁주렁한 링거 줄 왼팔에 꽂은 여자가 부끄럽게 말했다. 엄마 품에서 떨어지지 않는 은아.

은아 (엄마 얼굴, 눈 고사리손으로 만지며) 엄마 아야 해?

지연 아니, 이젠 나았어. 은아 머리도 예쁘게 묶었네. 태어나고 처음 엄마 떨어져 애, 밤새도록 울었지요? 자꾸 폐를 끼쳐 어떡해요?

준수 줄곧 엄마만 찾았어요. 할머니 노래 불러주니 자던데요.

지연	세상에, 엄마가 맨날 부르시던 노래, 그거 경상도 전래동요인데. 오늘 엄마 청도서 올라오셔요. 정말 고마워요. 은아야, 엄마 두 밤, 아니 세 밤만 더 자고 집에 갈게, 응.
준수	그만하기 천만다행입니다. (고마워 어깨라도 안아주고 싶은 심정)
지연	애들 병원에 오래 있어 좋을 게 하나 없어요. 은아야, 아찌하고 집에 가. 할머니 오시니 할미하고 놀아, 응?

지연의 독촉에 눈물 글썽한 은아 데리고 병실 문 나서는데 지연이 말한다.

지연	박 선생, 어제 구급차 안에서 내가 한 말, 미안하지만 다 취소예요! (두 손으로 얼굴을 가리는 김지연)
준수	…!

(인터넷 일기)

'김지연 씨 신장결석으로 입원. 은아에게 엄마가 없으면? 하룻밤, 엄마도 아이도 애끊는 긴 시간. 인류에게 어머니는

최순희 시나리오 각본

영원한 생명의 안식처! 그녀가 계속 내 가슴에 머문다.'

#147. 병원. 지연 입원실 [저녁]

저녁 8시. 병실 문 아주 작게 똑똑 노크하는 박준수, 기척이 없다. 조심스레 문 열고 병실에 들어선다. 아직 붙어 있는 금식 스티커. 몸 뒤척이다 깜짝 놀라 일어나는 지연.

지연　　(당황한 얼굴) 저기, 웬일로…?

준수　　(침대 앞으로) 퇴근하고 들렀어요.

지연　　어머, 나 엉망인데! 전화라도 하고 들르시지.

소복하게 부은 얼굴, 헝클어진 머리 급히 손으로 가리는 지연. 그 서슬에 흔들리는 거치대 수액 줄. 지연 손 붙잡는 준수.

준수　　괜찮으니 그냥 있어요. 식사 못 해서 어떡해요? 힘드

시죠?

지연 (잡힌 손 빼며) 링거 달고 있으니 배고픈 줄 모르겠어요. 오늘도 오만 검사 다 받았어요. 초음파 시술 한다고.

준수 간병인은?

지연 낮에만 간병 부탁했어요. 밤에는 잠자니까. 저기 환자 오후에 나갔어요. 식사도 못 하고 어떡해요? 어서 집에 가세요.

준수 (따뜻한 시선) 퇴원하면 내가 맛있는 밥 살게요.

지연 (준수 시선 피하며 고개 숙인다.) 괜찮아요.

날마다 퇴근길에 병실 찾는 준수.

지연 박 선생, 이제 안 와도 되는데 내가 미안하잖아요.

준수 드디어 금식 풀렸군요. (환히 웃는 준수) 식사 좀 했어요?

지연 (저 남자, 웃는 얼굴 너무 멋져!) 죽 나와 먹었어요.

준수 제발 아프지 말아요. 퇴원하면 은아랑 멋진 식당 가요.

지연 정말요? 어서 싹 나아 일어나야지!

준수 힘내세요. 은아 날마다 무지 졸라요. 병원 가자고.

준수, 지연 두 손 꼭 잡자 단풍처럼 붉어지는 지연 얼굴.

#148. 주택. 마당 (밤)

퇴근하는 준수. 미리 나와 기다리다 자동차 소리에 반색하는 지연. 옅은 어둠이 깔린 대문. 차에서 내리며 화사한 장미 꽃다발 지연에게 안기는 준수.

준수   지연 씨, 퇴원 정말 축하해요!

지연   준수 씨.

무너지듯 남자 가슴에 얼굴을 묻고 감격하는 지연. 지연을 꼭 껴안는 준수. 향긋한 기분 좋은 여자 내음.
이때 현관문 열리는 소리.

은아   (은아 나오며) 엄마! 엄마 어딨어? 엄마아!

두 사람 놀라 재빨리 두 걸음 떨어지며 원위치.

지연 (귓속말) 우리 나중에 얘기해요. 응, 은아야, 엄마 여기 있어!

떠들썩한 아이들 생일잔치 노래 선행.

#149. 지연 집 거실. 은아 4살 생일 (낮)

소란스럽고 시끌벅적한 거실. 초대받은 은아 유치원 친구들 십여 명. 예쁜 앞치마 두르고 바쁘게 주방 들락거리는 지연. 큰 사각 상 2개 붙인 밥상에는 피자, 떡볶이, 치킨, 튀김, 갈비, 과일 등 음식 가득. 상 중앙에 놓인 커다란 케이크. 색색 촛불 4개. 꼬마 친구들 상 주위 빙글빙글 돌며 손뼉 치며 노래. 자주색 벨벳 원피스 입은 은아, 머리에 별 왕관, 색종이 링 목걸이 걸고 함박웃음. 아이들 똑같이 색종이 링 목걸이 걸고 큰소리로 노래.

아이들 합창　생일 축하합니다! 생일 축하합니다! 사랑하는 김은아 생일 축하합니다!

이때 현관문 열리고 거실로 들어서는 진회색 슈트 차림 키 큰 남자. 손에는 예쁘게 포장한 쇼핑백과 은아 꼬마 친구들 선물 크레파스, 스케치북 잔뜩 든 쇼핑백. 그때 그를 맨 먼저 본 남자아이 소리친다.

아이 1　은아야, 너 아빠 오셨어! 은아 아빠!
아이 2　은아야, 아빠가 선물 많이 갖고 오셨어!

일제히 그에게 쏠리는 아이들 시선 집중.
은아, 깜짝 놀라 두리번거리다 아이들 뒤에 선 큰 키의 그를 발견하고 까무러칠 듯 반기며 친구들 밀치고 달려오는 은아.

은아　아빠, 아빠?

두 팔 벌려 은아 와락 껴안는 준수. 깃털처럼 가벼운 몸, 보드라운 살, 젖내 같은 배릿한 은아 냄새 폴폴. 은아 힘껏 가슴에 꺼안고 뺨에 뽀뽀하자 보름달같이 웃는 은아. 심장이 멎는 준수. 은아 친구들 다시 거실을 빙글빙글 돌면서 춤추고 노래하기 시작.

아이들 합창 생일 축하합니다! 생일 축하합니다! 사랑하는 김은아 생일 축하합니다!

케이크 촛불이 아이들 옷자락 바람에 일렁일렁, 은아 번쩍 안고 아이들 따라 거실을 빙글빙글 도는 준수. 주방 앞에서 이 모습 멍하니 바라보며 눈물 글썽이다 환히 웃으며 힘껏 손뼉 치는 김지연.

지연 (며칠 전) 은아 네 살, 생일이에요. 요즘은 애들 돌아가며 생일 파티해요. 그래서 이번 토요일 낮에 유치원 꼬마 친구들 초대하여 생일 파티 하려고요.

준수 (너무 기뻐) 축하하고 싶은데요. 은아 첫돌 초대 안 간 게 내내 걸렸어요. 선물 사고 싶은데 사이즈 몰라서?

지연 숙녀 사이즈 물으면 실례인데, 호호! 알려드릴게요.

은아 분홍색 엄청 좋아해요.

백화점에서 분홍 원피스, 분홍 구두 사 예쁘게 포장한
선물 안고 가슴 두근거리며 기다린 날.
'은아야! 사랑하는 내 딸 은아야, 생일 너무너무 축하
해!'
은아 복숭앗빛 뺨에 입맞춤하는 준수. 앙증스럽고 뽀얀
작은 귀. '프리지아 꽃보다 라일락 향기보다 더 향기로운
내 딸 은아 내음!'

은아　　　애들아! 아빠, 은아 아빠! 우리 아빠야!

아이들 합창　생일 축하합니다! 생일 축하합니다! 사랑하는 김은아
　　　　　생일 축하합니다!

아이들　　박수! 박수! 박수!

― 끝 ―